EL TERCER GRADO

James Patterson

El tercer grado

(U)
Umbriel

Argentina • Chile • Colombia • España
Estados Unidos • México • Uruguay • Venezuela

Título original: *3rd Degree*
Editor original: Little, Brown and Company, Nueva York, Boston
Traducción: Cristina Pagès

© 2004 *by* James Patterson
© 2005 *by* Ediciones Urano, S. A.
   Aribau, 142, pral. – 08036 Barcelona
   www.umbrieleditores.com

ISBN: 84-95618-90-7
Depósito legal: B. 44.612 - 2005

Fotocomposición: Ediciones Urano, S. A.
Impreso por Romanyà Valls, S. A. – Verdaguer, 1 – 08760 Capellades (Barcelona)

Impreso en España - *Printed in Spain*

Como de costumbre, nuestro agradecimiento y nuestro aprecio a la inspectora de homicidios Holly Pera y a su compañero Joe Toomey, del departamento de policía de San Francisco, por ocuparse de los asuntos cotidianos, de los que nosotros sólo escribimos, y por presentarnos a Dino Zografos, del Grupo de Armas y Tácticas Especiales, quien convirtió el pavor del tic tac de una bomba en algo real y controlable, así como al sargento José Sánchez y al inspector Steve Engler (jubilado), del Departamento de Policía de Berkeley, quienes presenciaron la locura de la década de 1960 y, durante unas horas, nos hicieron vivir la República Popular de Berkeley, con toda su devastación y todos sus sueños.

También damos las gracias a Chuck Zion, uno entre una limitada casta de hombres, que murió en las Torres Gemelas el 11 de setiembre de 2001.

PRIMERA PARTE

1

La peor semana de mi vida empezó una mañana clara, calmada y perezosa de abril.

Hacía *jogging* por la bahía con mi perra pastora *Martha*. Es mi costumbre los domingos por la mañana: despertarme temprano y embutir a mi media naranja en el asiento del copiloto de mi Explorer. Intentaba correr, resoplando, tres millas, desde Fort Mason hasta el puente y vuelta. Lo justo para convencerme de que me mantengo en algo parecido a una buena forma física a mis treinta y seis años.

Esa mañana mi amiga Jill me acompañaba. Para sacar a correr a su cachorro labrador, *Otis*, o eso fue, al menos, lo que alegó. Aunque supongo que se preparaba para un *sprint* en bici Mount Tamaulipas arriba o para lo que tuviera que hacer más tarde.

Costaba creer que hacía apenas cinco meses había perdido a su bebé. Ahí estaba, con el cuerpo nuevamente en forma y delgado.

—¿Y bien? ¿Qué tal te fue anoche? —preguntó, mientras caminaba sin esfuerzo junto a mí—. Dicen por ahí que tenías una cita.

—Podrías llamarlo una cita... —respondí con la vista fija en Fort Mason, adonde no nos acercábamos tan deprisa como a mí me gustaría—, como podrías decir que Bagdad es un lugar de veraneo.

Hizo una mueca.

—Siento haberlo mencionado.

Durante toda la carrera se me había ido llenando la cabeza del molesto recuerdo de Franklin Fratelli, magnate de la «reventa de activos» (una manera fina de decir que mandaba matones tras los dueños de las «punto.com» en quiebra que ya no podían pagar sus Beemer y sus relojes Franck Muller). Fratelli llevaba dos meses asomándose por mi despacho cada vez que visitaba el palacio de

Justicia, hasta que me harté y lo invité a cenar el sábado por la noche (tuve que guardar en la nevera las costillas estofadas en oporto
al ver que me dejaba plantada en el último minuto).

—Me dejó plantada —expliqué entre un paso y otro—. No
preguntes, no voy a contarte los detalles.

Nos detuvimos al final de Marina Green. Solté un bramido
para aclararme los pulmones mientras la corredora Mary Decker
seguía saltando de puntillas como si fuera a dar otra vuelta.

—No sé cómo lo haces —exclamé, con los brazos en la cintura
y tratando de recuperar el aliento.

—Mi abuela —explicó. Se encogió de hombros y estiró los ten-
dones de la corva—. Empezó a caminar siete kilómetros diarios a
los sesenta años de edad. Ahora tiene noventa. No tenemos idea de
dónde está.

Nos echamos a reír. Qué alegría ver que la Jill de siempre sur-
gía de nuevo. Qué alegría escuchar su risa otra vez.

—¿Estás lista para un mocachino? —pregunté—. *Martha* invita.

—No puedo. Steve regresa de Chicago y quiere ir en bici a ver
la exposición del decano Friedlich en la Legión de Honor tan
pronto se cambie. Ya sabes cómo se pone el cachorro cuando no
tiene su dosis de ejercicio.

Fruncí el entrecejo.

—Me cuesta imaginar a Steve como un cachorro.

Jill asintió con la cabeza y, levantando los brazos, se quitó la sudadera.

—Jill —resoplé—, ¿qué demonios es eso?

Apenas visibles bajo el tirante de su sostén había un par de pequeños y oscuros moratones, como huellas dactilares.

Se echó la sudadera sobre el hombro, como si la hubiesen pillado con la guardia baja.

—Me golpeé al salir de la ducha. Deberías verlo —y me guiñó
un ojo.

Asentí, aunque algo de la magulladura no me encajaba.

—¿Estás segura de que no quieres ese café?

—Lo siento... Ya conoces al Exigente, si me retraso cinco minutos empezará a decir que es una mala costumbre. —Silbó a *Otis* y echó a correr hacia su coche. Se despidió con la mano—. Nos vemos en la oficina.

—¿Y tú? —Me arrodillé para preguntárselo—. Me parece que un mocachino te pondría a tono. —Le pasé la correa y eché a correr hacia el Starbucks, en Chestnut.

El barrio de la Marina ha sido siempre uno de mis preferidos. Serpenteantes calles de pintorescas casas restauradas. Familias. El sonido de las gaviotas, el aire que llega de la bahía.

Crucé Alhambra, eché un vistazo a una hermosa casa de tres plantas que solía admirar al pasar. Postigos de madera labrada y tejado de terracota como las que hay en el Gran Canal. Detuve a *Martha* mientras un coche pasaba de largo.

Eso es lo que recordé de aquel momento. Que el barrio empezaba a despertarse. Que un pelirrojo con una sudadera FUBU practicaba trucos con sus patines en línea. Que una mujer con bata doblaba apresurada una esquina con un fardo de ropa en los brazos.

—Vamos, Martha. —Tiré de la correa—. Se me hace la boca agua por ese mocachino.

Y entonces la casa del tejado de terracota estalló en llamas. Vaya, era como si San Francisco se hubiese convertido de pronto en Beirut.

2

—¡Dios mío! —grité, mientras un estallido de calor y escombros casi me lanzaba al suelo.

Me di la vuelta y me agaché para proteger a *Martha* mientras las ardientes oleadas de la explosión pasaban por encima de nosotras. Unos segundos después me levanté. Madre de Dios... No daba crédito a lo que veía. La casa que acababa de admirar no era ya sino una ruina. El fuego arrasaba la primera planta.

En ese instante me percaté de que debía de haber gente en el interior.

Até a *Martha* a una farola. Las llamas surgían a rachas a unos quince metros de nosotras. Crucé corriendo hacia la casa en llamas. La primera planta había desaparecido. Allí nadie había tenido la más mínima oportunidad.

Rebusqué el móvil en mi riñonera y marqué frenéticamente el 911, el número de la policía.

—Aquí la teniente Lindsay Boxer, Departamento de Policía de San Francisco, placa dos-siete-dos-uno. Ha habido una explosión en la esquina de Alhambra y Pierce. Una residencia. Probables víctimas. Necesito total apoyo médico y de bomberos. ¡Pero ya!

Corté la comunicación sin hacer caso del telefonista. Según las normas, debía esperar, pero si había alguien dentro no tenía tiempo. Me arranqué la sudadera y con ella me envolví la cara.

—Ay, Dios mío, Lindsay —me quejé y contuve el aliento.

A continuación entré en la casa.

—¿Hay alguien aquí? —grité, y de inmediato me atraganté con el irritante humo gris. El intenso calor me quemaba ojos y rostro, me dolía allí donde la tela protectora no me cubría. Una pared de ardiente cartón piedra y yeso pendía sobre mi cabeza.

—¡Policía! —grité otra vez—. ¿Hay alguien aquí?

Sentía el humo como afiladas cuchillas que se hendían en mis pulmones. Resultaba imposible oír algo por encima del rugido de las llamas. De pronto entendí por qué gente atrapada entre llamas en pisos altos saltaba al vacío antes que aguantar tan intolerable calor.

Me protegí los ojos y seguí abriéndome camino entre las oleadas de humo. Grité una última vez.

—¿Hay alguien aquí?

No me sentía capaz de continuar. Tenía las cejas chamuscadas y me di cuenta de que podía morir allí mismo.

Di la vuelta y me dirigí hacia la luz y el frescor que sabía encontraría detrás de mí. De repente avisté dos formas, los cuerpos de una mujer y un hombre. Obviamente muertos y con la ropa ardiendo.

Me detuve. Sentí que se me revolvía el estómago. Sin embargo, nada podía hacer por ellos.

Entonces oí un ruido sordo. No sabía si era real. Me paré, intenté oír por encima del rumor del fuego. Apenas aguantaba el dolor del lacerante calor en la cara.

Lo oí de nuevo. Sí que era real.

Alguien lloraba.

3

Tragué aire y me adentré aún más en el edificio a punto de derrumbarse.

—¿Dónde estás? —grité. Tropecé con escombros candentes. Sentía un verdadero pavor, no sólo por quien había gritado, también por mí.

Lo oí nuevamente: un leve gemido desde la parte trasera de la casa. Me dirigí hacia allí sin detenerme.

—¡Ya voy!

A mi izquierda cayó con estrépito una viga de madera. Cuanto más avanzaba, tanto más me costaba. Avisté un pasillo de donde se me antojaba que llegaban los gemidos y cuyo techo estaba a punto de desmoronarse.

—¡Policía! —grité—. ¿Dónde estás?

Nada.

Volví a oír los lamentos. Más cerca ya. Continué pasillo abajo, trastabillando y tapándome la cara. «Vamos, Lindsay... sólo faltan unos centímetros.»

Empujé una puerta en llamas y entré. «Dios, es la habitación de un crío.» O lo que quedaba de ella.

Una cama caída de lado contra una pared envuelta por una gruesa capa de polvo. Grité y volví a oír el ruido. Un sonido, como una tos débil.

La estructura de la cama resultaba caliente al tacto, pero logré apartarla un poco de la pared. «Ay, Dios mío...» Vi la sombra del perfil de una cara infantil.

Era un niño pequeño, de unos diez años.

Tosía y lloraba. Casi no lograba hablar. Su habitación se hallaba enterrada bajo una avalancha de escombros. No podía aguardar. De hacerlo, los vapores nos matarían.

—Voy a sacarte de aquí —le prometí.

Me apretujé entre la pared y la cama y con todas mis fuerzas aparté la segunda de la primera. Cogí al niño por los hombros, sin dejar de rogar que no le estuviese causando más daño.

Trastabillé a través de las llamas con el chico a cuestas. Había humo por todas partes, nocivo, abrasador. Vi una luz y creí que por allí había entrado, pero no estaba del todo segura.

Tosía y el niño se aferraba a mí con manos petrificadas.

—Mamá, mamá —chillaba—. Le di un apretón para asegurarle que no iba a dejarlo morir.

Bramé, rezando por que alguien me contestara:

—Por favor, ¿hay alguien ahí?

—Aquí —oí una voz a través de las tinieblas.

Continué trastabillando, evitando los nuevos lugares en los que prendían las llamas. Vi la entrada. Sirenas. Voces. Un hombre. Un bombero, que me quitó con gentileza al niño de los brazos. Otro bombero me abrazó. Enfilamos hacia la entrada.

Entonces me encontré fuera, de rodillas y tomando grandes bocanadas de preciado aire. Un equipo médico de urgencias me envolvió cuidadosamente con una manta. Todos se portaron muy bien, con gran profesionalidad. Me dejé caer en la acera contra un coche de bomberos. A punto estuve de vomitar. De hecho, vomité.

Alguien me puso una máscara de oxígeno y tomé varias bocanadas. Un bombero se agachó a mi lado.

—¿Se encontraba usted dentro cuanto estalló?

—No. Entré a ayudar. —Me costaba hablar, pensar. Abrí mi riñonera y le enseñé mi placa—. Soy la teniente Boxer —expliqué, y tosí—. De homicidios.

4

—Estoy bien —afirmé y me deshice del enfermero. Me acerqué al pequeño, sujeto ya en una litera. Lo metían en una ambulancia. En su rostro el único movimiento constituía un ligero parpadeo. Pero estaba vivo. ¡Dios! Le había salvado la vida.

En la calle, la policía contenía a los mirones detrás de una cinta. Vi al chico pelirrojo de los patines en línea, así como un remolino de caras horrorizadas.

De repente percibí un ladrido. ¡Dios! Era *Martha*, atada aún al poste. Corrí hacia ella y la abracé con fuerza mientras me lamía la cara.

Me abordó un bombero con la insignia de capitán de división en el casco.

—Soy el capitán Ed Noroski. ¿Se encuentra bien?

—Creo que sí. No estoy segura.

—¿Es que ustedes, los del palacio de Justicia, no pueden ser héroes en su propio turno, teniente?

—Estaba haciendo *jogging* y lo vi estallar. Me pareció una explosión de gas. Hice lo que me pareció correcto.

—Pues hizo bien, teniente. —El capitán observó las ruinas—. Pero no fue una explosión de gas.

—Vi dos cuerpos dentro.

—Sí —Noroski asintió—. Un hombre y una mujer. Otro adulto en una habitación trasera de la planta baja. Ese chico tiene suerte de que lo sacara usted.

—Sí.

El pecho se me llenó de pavor: si no se trataba de una explosión de gas...

Entonces advertí que Warren Jacobi, mi inspector número uno, salía entre la multitud y se abría paso hacia mí a codazos. Warren manejaba el «frente nueve», que es como llamamos el turno del domingo por la mañana, cuando el tiempo se calienta.

Tenía un rostro regordete y se diría que nunca sonreía, ni siquiera cuando contaba un chiste, así como párpados entrecerrados y ojos hundidos al parecer incapaces de registrar nunca sorpresa. No obstante, cuando se fijó en el socavón de lo que había sido el 210 de Alhambra y me vio a *mí*, llena de hollín y de manchas, sentada, tratando de recuperar el aliento... su mirada sí que mostró asombro.

—Teniente, ¿se encuentra bien?

—Creo que sí. —Traté de ponerme en pie.

Echó un vistazo a la casa y volvió a mirarme a mí.

—Parece un tanto destartalada, incluso para un manitas común y corriente, teniente. Estoy seguro de que hará maravillas con ella. —Contuvo una sonrisa—. ¿Hay una delegación palestina en la ciudad y no me he enterado?

Le expliqué lo que había visto. Ni humo ni incendio, sino sólo el estallido repentino de la primera planta.

—Gracias a mis veintisiete años de experiencia, tengo la premonición de que no se trata de una caldera estropeada.

—¿Conoce usted a alguien que resida en una mansión como ésta y tenga una caldera en la primera planta?

—Nadie que yo conozca vive en un lugar como éste. ¿Está segura de que no quiere ir al hospital?

Jacobi se agachó sobre mí. Desde que me habían disparado en el caso Coombs se comportaba conmigo como un tío protector. Hasta se contenía con sus estúpidos chistes machistas.

—No, Warren, estoy bien.

Ni siquiera sé qué hizo que lo notara. Estaba allí, en la acera, apoyada en un coche aparcado y pensé: «Joder, Lindsay, eso no debería de estar allí».

No con todo lo que acababa de ocurrir.

Una mochila escolar roja. Un millón de estudiantes las llevan. Y allí estaba, como si nada.

Empezó a entrarme el pánico otra vez.

Había oído hablar de segundas explosiones en Oriente Próximo. ¿Quién sabía si lo que había estallado en la casa era una bomba? Abrí los ojos como platos sin despegar la vista de la mochila.

Me aferré a Jacobi.

—Warren, quiero que saquen a todo el mundo de aquí. Ahora mismo. ¡Aléjense todos, ya, enseguida!

5

Claire Washburn sacó la vieja y familiar caja de detrás de un armario del sótano.

—¡Ay, Dios mío...!

Esa mañana se levantó temprano y, después de tomarse un café en la terraza de madera y escuchar a los primeros arrendajos de la temporada, se puso una camisa vaquera y tejanos y se dispuso a llevar a cabo la temida faena de limpiar el armario del sótano.

En primer lugar se deshizo de los montones de juegos de mesa con los que llevaba años sin divertirse. Luego le tocó el turno a los viejos guantes y las hombreras de sus años en la Pequeña Liga de béisbol y con el entrenador Pop Warner. Una colcha doblada convertida en una convención de polvo.

Acto seguido alcanzó la vieja caja de aluminio enterrada bajo una manta mohosa. «Dios mío».

El viejo violonchelo. El recuerdo le hizo sonreír. Santo Dios, hacía diez años que no lo sostenía en brazos.

Lo desenterró del suelo del armario. Verlo provocó en ella una oleada de recuerdos: las horas ininterrumpidas aprendiendo las escalas, practicando. «Una casa sin música —solía decir su madre— es una casa sin vida». El cuadragésimo cumpleaños de su marido Edmund, cuando con dificultad tocó para él el primer movimiento del concierto en Re de Haydn, la última vez que lo tocó.

Abrió la caja y clavó la mirada en la fibra de la madera del instrumento. Todavía resultaba hermoso, un regalo que le hizo el Departamento de Música de Hampton por haber ganado una beca. Antes de darse cuenta de que nunca sería como el violonchelista Yo-Yo Ma y, por tanto, que optaría por la Facultad de Medicina, fue su bien más preciado.

Se le ocurrió una melodía, el mismo difícil pasaje que siempre se le resistía, el primer movimiento del concierto en Re de Haydn.

Miró alrededor, casi abochornada. Qué diablos. Edmund dormía aún, nadie la oiría.

Extrajo el violonchelo y percibió el moho. Sacó el arco y lo sostuvo en las manos. ¡Qué delicia...!

Un largo minuto para afinarlo, para tensar las viejas cuerdas a sus acostumbradas notas. Un único movimiento, sólo para rozar las cuerdas con el arco, le evocó un millón de sensaciones. Se le puso la piel de gallina. Tocó los primeros acordes del concierto. Le sonó algo desafinado, pero recuperó la sensación.

—¡Ja! Así que esta vieja aún se acuerda... —exclamó entre risas. Cerró los ojos y tocó unos cuantos acordes más.

Entonces percibió a Edmund, todavía en pijama; la observaba desde el pie de la escalera.

—Sé que estoy fuera de la cama —se rascó la cabeza—. Recuerdo que me he puesto las gafas y me he lavado los dientes. Pero esto no puede ser, tengo que estar soñando.

Tarareó los acordes que Claire acababa de tocar.

—Así que crees que puedes tocar el siguiente pasaje, ¿verdad? Es el más complicado.

—¿Me está retando, maestro Washburn?

Edmund le dirigió una sonrisa pícara.

En ese momento sonó el teléfono. Edmund cogió el inalámbrico.

—Salvada por la campana —gruñó—. Es tu despacho. Es domingo, Claire. ¿No pueden dejarte nunca en paz?

Claire agarró el aparato. Era Freddie Rodríguez, una oficinista de la policía científica. Escuchó y colgó.

— ¡Dios mío, Edmund... ha habido una explosión en el centro! Lindsay está herida.

6

No sé qué pasó por mi cabeza. Tal vez la idea de los tres muertos en la casa, o tanto poli y bombero correteando por la escena del accidente. Vi la mochila y mi mente no dejaba de decirme que algo fallaba, fallaba miserablemente.

—¡Todos atrás! —aullé de nuevo.

Hice ademán de dirigirme hacia la mochila. No sabía aún lo que pensaba hacer, pero tenían que despejar la zona.

—Ni lo sueñes, Lindsay. —Jacobi me cogió del brazo—. No necesitas hacerlo.

Me desasí.

—Saca a todo el mundo de aquí, Warren.

—Puede que no sea su superior, teniente —insistió Jacobi con mayor pasión—, pero llevo catorce años más que usted en el cuerpo y se lo digo en serio, usted no se acercará a esa mochila.

El capitán de bomberos llegó corriendo y gritando a través de su micrófono portátil.

—Posible artefacto explosivo. Todo el mundo atrás. Que venga Magitakos, de los artificieros.

En menos de un minuto, Niko Magitakos, jefe de los artificieros del Ayuntamiento, y dos profesionales más, cubiertos por una pesada vestimenta protectora, me hicieron a un lado sin contemplaciones y se dirigieron hacia la mochila. Niko sacó un escáner, un instrumento que parecía una caja sobre ruedas. Un camión acorazado, semejante a una nevera gigante, retrocedió ominosamente hacia el lugar.

El técnico del escáner examinó la mochila desde poco más de un metro de distancia. Estaba segura de que era una bomba, o al menos algo que habían dejado atrás adrede, y me puse a rezar. «Que no estalle, por favor.»

—Que traigan el camión. —Niko se volvió con el ceño fruncido—. Parece una bomba.

En los minutos siguientes, del camión extrajeron cortinas de acero reforzado y dispusieron una barrera protectora. Un técnico acercó una garra con ruedas y se aproximó a la mochila. Si era una bomba, podía estallar de un momento a otro.

Me encontré como en tierra de nadie. No quería moverme. El sudor recorría mis mejillas.

El hombre de la garra levantó la mochila a fin de transportarla al camión.

No ocurrió nada.

—No veo nada —comentó el técnico con el sensor electrónico—. Vamos a tener que abrirla con las manos.

Colocaron la mochila en el camión protector y Niko se arrodilló junto a ella. Con manos experimentadas, abrió la cremallera.

—No hay carga. Es una jodida radio de pilas.

Se oyó un suspiro colectivo. Me separé de la multitud y corrí hacia la mochila. Había una etiqueta de identificación en la correa, una etiqueta de plástico. La levanté y leí.

—¡BUM! ¡GILIPOLLAS!

Tenía razón. La habían dejado allí adrede. En ella, junto a un radio reloj común y corriente, se hallaba una foto enmarcada. Una foto de ordenador, impresa en papel desde una cámara digital. En ella figuraba el rostro de un hombre guapo, de unos cuarenta años.

Uno de los cuerpos carbonizados en el interior, no me cupo la menor duda.

MORTON LIGHTOWER —rezaba la inscripción—. UN ENEMIGO DEL PUEBLO. QUE SE OIGA LA VOZ DEL PUEBLO.

Abajo, un nombre impreso: AUGUST SPIES.

«Dios mío, ¡se trata de una ejecución!»

Se me revolvió el estómago.

7

No tardamos nada en identificar la casa. Efectivamente, pertenecía al tipo de la foto, Morton Lightower, y a su familia. A Jacobi le sonaba el nombre.

—¿No era el propietario de X/L Systems?

—Ni idea —respondí.

—Ya sabes, el potentado de Internet. Se piró con unos seiscientos millones de pavos mientras la compañía se hundía como un traje de cemento. Las acciones se vendían a seis pavos, pero ahora cuestan unos sesenta centavos.

De pronto recordé haberlo visto en las noticias de la tele.

—«El Gran Acaparador». Trataba de comprar equipos de béisbol y rugby, engullía lujosas mansiones y se instaló un sistema de seguridad por valor de 50.000 dólares en su residencia de Aspen, Colorado, mientras inundaba el mercado con sus propias acciones y despedía a la mitad de su personal.

—He oído hablar de reacciones violentas por parte de los inversores —dijo Jacobi con un geto de la cabeza—, pero esto pasa de castaño oscuro.

Detrás de mí, una mujer gritaba para que la dejaran pasar a través de la multitud. El inspector Paul Chin la acompañó entre los numerosos camiones y cámaras de televisión. Se detuvo frente a la casa bombardeada.

—Ay, Dios mío —resolló, con una mano sobre la boca.

Chin me la presentó.

—La hermana de Lightower —me informó.

Llevaba el cabello firmemente estirado hacia atrás, un jersey de cachemira, tejanos y un par de zapatos planos de Manolo Blahnik por los que habría babeado diez minutos ante el escaparate de la exclusiva boutique Neiman's.

—Por favor —pedí, mientras guiaba a la vacilante mujer hacia un coche policía—. Soy la teniente Boxer, de homicidios.

—Y yo, Dianne Aronoff —farfulló con aire ausente—. Lo oí en las noticias. ¿Mort? ¿Charlotte? Los niños. ¿Se salvó alguien?

—Sacamos a un chico de unos once años.

—Eric. ¿Está bien?

—Se encuentra en la unidad de quemados del Hospital Cal Pacific. Creo que se pondrá bien.

—¡Gracias a Dios! —exclamó y volvió a taparse la cara—. ¿Cómo pudo pasar esto?

Me arrodillé ante ella y le cogí la mano. Se la apreté con suavidad.

—Señora Aronoff, tengo que hacerle unas preguntas. Esto no fue un accidente. ¿Tiene usted idea de quien pudo haber tenido a su hermano como objetivo?

—No fue un accidente —repitió—. Mortie decía: «La prensa me trata como si fuese Bin Laden. Nadie me entiende. Creen que sólo me dedico a acumular dinero.»

Jacobi cambió de tercio.

—Señora Aronoff, parece que la explosión se originó en la primera planta. ¿Tiene usted idea de quién tenía acceso a la casa?

—Tenían un ama de llaves —contestó, secándose cuidadosamente los ojos—. Viola.

Jacobi soltó un suspiro.

—Por desgracia, probablemente sea la tercera persona que encontramos en la casa, enterrada bajo los escombros.

—Oh... —Dianne Aronoff se tragó un sollozo.

Le apreté la mano.

—Oiga, señora Aronoff, vi la explosión. Esa bomba la dejaron dentro. Dejaron entrar a alguien, tal vez esa persona ya tenía acceso. Necesito que piense.

—Había una *au pair* —murmuró—. Creo que a veces pasaba la noche aquí.

—Tuvo suerte —Jacobi puso los ojos en blanco—. De haber estado aquí con su sobrino...

—No era para Eric —Dianne Aronoff hizo un gesto negativo con la cabeza—. Sino para Caitlin.

Jacobi y yo nos miramos.

—¿Para quién?

—Para Caitlin, teniente, mi sobrina.

Al ver nuestros rostros inexpresivos, se quedó de piedra.

—Cuando dijeron que sólo sacaron a Eric, simplemente di por sentado que...

Jacobi y yo continuamos mirándonos. No habían hallado a nadie más en la casa.

—Ay, Dios mío. Detectives, sólo tiene seis meses.

8

No había terminado.

Corrí hacia el capitán Noroski, el jefe de bomberos, que gritaba órdenes a los hombres que registraban la casa.

—La hermana de Lightower dice que había una niña de seis meses en el interior.

—No hay nadie, teniente. Mis hombres están acabando con la planta superior. A menos que quiera entrar y averiguarlo por sí misma.

De repente visualicé la distribución de la casa. Lo vi. Por el mismo pasillo donde encontré al niño. El corazón me dio un vuelco.

—No está en las plantas altas, capitán, sino en la baja.

Puede que hubiera un cuarto de juegos allí.

Noroski dio órdenes por radio a alguien que permanecía en el edificio para que fuera abajo, a la sala principal.

Nos quedamos frente a la casa humeante y una sensación enfermiza me revolvió el estómago. Un bebé todavía allí, alguien a quien podría haber salvado. Aguardamos mientras los hombres del capitán Noroski rastreaban los escombros.

Finalmente un bombero salió de entre los escombros de la planta baja.

—Nada —gritó—. Encontramos el cuarto de juegos. Una cuna normal y una de mimbre con asas, enterradas bajo un montón de escombros, pero ningún bebé.

Dianne Aronoff soltó un grito de alegría. Su sobrina no se encontraba dentro. A continuación en su rostro se dibujó una expresión de pánico al advertir un nuevo horror. «Si Caitlin no estaba allí, ¿dónde estaba?»

9

Charles Danko permaneció entre la multitud que observaba, sin perder detalle. Vestía el atuendo de un ciclista y se apoyaba en una vieja bicicleta de carreras. En todo caso, el casco y las gafas le cubrían el rostro por si la policía filmaba a la gente, cosa que hacían en ocasiones.

«No pudo haber ido mucho mejor», pensaba al contemplar el escenario del homicidio. Los Lightower estaban muertos, hechos pedazos. Esperaba que hubiesen sufrido mucho al quemarse, hasta los niños. Era algo con lo que había soñado muchas veces, quizás una pesadilla, algo convertido ya en realidad, y esta realidad concreta aterrorizaría a los habitantes de San Francisco. Aquel acto incendiario le había exigido mucho valor, pero lo había hecho. Allí estaban: los bomberos, las ambulancias, la policía local. Allí estaban todos, honrando su trabajo o, más bien, el humilde inicio de su trabajo.

Sus ojos se habían encontrado con los de una de ellos, una rubia, obviamente una poli con cierta autoridad. Para colmo parecía tener agallas. La vigiló y se preguntó si se convertiría en su adversario y si sería digna como tal.

Le preguntó acerca de ella a un agente que custodiaba el cerco policial.

—La mujer que entró en la casa es la inspectora Murphy, ¿no? Creo que la conozco.

El policía ni se molestó en mirarlo. Típica insolencia policial.

—No, es la teniente Boxer. Está en homicidios. Por lo que he oído, es una verdadera bruja.

10

La abarrotada oficina de la segunda planta que albergaba el Departamento de Homicidios parecía más dinámica y ruidosa que ningún domingo por la mañana que yo recordara.

Recibí el alta en el hospital y acudí a la oficina para comprobar que el equipo entero se había presentado. Teníamos pistas que seguir, aun antes de que nos trajeran los resultados del examen del escenario de la explosión. Los atentados con bomba no suelen incluir raptos. «Si encontramos a ese bebé —me decía a mí misma—, encontraremos a la persona que cometió este horror.»

Un televisor estaba conectado. El alcalde Fiske y el inspector jefe de policía Tracchio se hallaban en la escena del crimen.

—Se trata de una horrible y revanchista tragedia —opinaba el alcalde, que llegaba directamente del primer hoyo en el campo de golf Olympic—. Morton y Charlotte Lightower eran unos ciudadanos de lo más generoso y comprometido. Además, eran amigos míos.

—Y no se le olvide añadir que contribuían a sus campañas —agregó Cappy Thomas, el compañero de Jacobi.

—Quiero que todos sepan que nuestro departamento de policía ya sigue pistas concretas —prosiguió el alcalde—. Quiero asegurar a los habitantes de esta ciudad que se trata de un acontecimiento aislado.

—X/L... —Warren Jacobi se rascó la cabeza—. Creo que tengo algunas acciones de esa mierda que llaman fondo de jubilación.

—Yo también... —dijo Cappy—. ¿A qué fondo perteneces?

—Creo que se llama crecimiento a largo plazo, pero el que le puso el nombre tiene un extraño sentido del humor. Hace dos años tenía...

—Perdonad que os interrumpa, grandes inversores —grité—, es domingo y la bolsa está cerrada. Tenemos tres muertos, un bebé desaparecido y una casa quemada en un posible atentado con bomba.

—Una bomba, es definitivo —dijo Steve Fiori, el enlace entre el Departamento de la Policía y la prensa. Lucía zapatos Topsiders y tejanos y había estado haciendo malabarismos con un centenar de departamentos y agencias de prensa—. La brigada de bomberos acaba de confirmárselo al comisario. Rasparon de la pared restos de un temporizador y explosivo plástico C-4.

No es que la noticia nos sorprendiera. Pero el caer en la cuenta de que una bomba acababa de estallar en nuestra ciudad, que andaban sueltos por ahí unos tipos con C-4 y que seguía desaparecido un bebé de seis meses nos dejó petrificados y mudos.

—¡Joder! —susurró melodramáticamente Jacobi—. Se nos ha echado a perder la tarde.

11

—Teniente —me llamó alguien desde el otro lado de la sala—. El jefe Tracchio al teléfono.

—Se lo dije —se burló Cappy.

Contesté, segura de que me matraquearía por haber dejado tan pronto el escenario del crimen. Tracchio era un burócrata irremediable. No se había acercado tanto a una investigación desde que estudió un caso en la academia hacía veinticinco años.

—Lindsay, soy Cindy. —Esperaba oír al jefe y su voz me sorprendió—. No te enfades. Era la única manera de que me pusieran contigo.

—No es un buen momento —argumenté—. Creí que eras ese gilipollas de Tracchio a punto de aplastarme contra la pared.

—De hecho, hay quien cree que soy una gilipollas capaz de hacerlo.

—Pero éste firma mis cheques. —Dicho esto, tomé un respiro medio relajado por primera vez ese día.

Cindy Thomas formaba parte de mi círculo íntimo, junto con Claire y Jill. Daba, además, la casualidad de que trabajaba para el *Chronicle* y era una de las mejores reporteras de sucesos de la ciudad.

—Dios, Linds, acabo de enterarme. Estoy en un curso de un día de yoga. En plena posición del perro boca abajo ha sonado mi teléfono. ¿Qué pasa contigo? Desaparezco un par de horas, ¿y tú decides que ha llegado el momento de ser una heroína? ¿Estás bien?

—Aparte de que siento los pulmones como si me los hubieran quemado con gasolina de mechero... estoy bien. No puedo contarte mucho todavía.

—No llamo por lo del escenario del crimen, Lindsay. Llamo para averiguar cómo te encuentras.

—Estoy bien —repetí.

No sé si decía la verdad. Me di cuenta de que todavía me temblaban las manos y que la boca me sabía al acre humo de la explosión.

—¿Quieres que nos veamos?

—No podrías acercarte a dos manzanas. Tracchio ha prohibido cualquier declaración hasta que averigüemos qué ocurre.

—¿Me estás retando? —preguntó Cindy con una risa socarrona.

Me eché a reír. Cuando la conocí, Cindy se había colado en una suite del ático del hotel Hyatt, el escenario del crimen más vigilado en la historia de la ciudad. Su carrera entera despegó con esa exclusiva.

—No, no es un reto, Cindy. Pero, de veras, estoy bien, te lo juro.

—Vale, entonces, si estamos desperdiciando tanta tierna preocupación, ¿qué hay del escenario del crimen? De eso se trata, ¿no?, de la escena de un crimen.

—¿Me preguntas si la barbacoa del jardín trasero ardió en llamas a las nueve de un domingo por la mañana? Pues sí, supongo que puedes citarme. Creí que no tenías nada que ver con esto, Cindy. —No dejaba de asombrarme lo rápido que se ponía al día.

—Ahora sí. Y, ya que hablamos de eso, he oído decir que salvaste a un niño. Deberías ir a casa. Has hecho bastante hoy.

—No puedo. Tenemos pistas. Ojalá pudiera contártelas, pero no puedo.

—También averigüé que se llevaron a un bebé de la casa. ¿Se trata de una suerte de rapto retorcido?

—Sí lo es —respondí, con un encogimiento de hombros—. Debe de tratarse de una nueva forma de ponerse en contacto con los que podrían pagarles.

Cappy Thomas se asomó a mi despacho.

—Teniente. El médico forense quiere verla. En la morgue. Ahora mismo.

12

Era típico de Claire, la médico forense en jefe de San Francisco y mi mejor amiga desde hacía una docena de años, decir lo único capaz de hacerme llorar en medio de tanta locura.

—Charlotte Lightower estaba embarazada.

Claire parecía demacrada y desamparada en su uniforme anaranjado.

—Dos meses. Probablemente ni lo sabía, la pobre.

No sé por qué se me antojó tan triste, pero era un hecho. Tal vez porque convertía a los Lightower aún más en una familia, los humanizaba.

—Esperaba pillarte en algún momento hoy —Claire me dirigió una sonrisilla nada convincente—. Lo que pasa es que no me lo imaginé así.

—Claro. —Sonreí y me sequé una lágrima de la comisura de un ojo.

—Me he enterado de lo que hiciste. —Claire me abrazó—. Se necesita mucho valor, cariño. Además, eres una tontita, ¿lo sabías?

—Hubo un momento en que creí que no saldría viva, Claire. Había mucho humo. Por todas partes. En mis ojos, en mis pulmones. No veía una mierda. Me limité a coger al pequeño y a rezar.

—Viste la luz. ¿Te guió? —Claire sonrió.

—No. Lo que me sacó de allí fue pensar en lo estúpida que me creeríais todos si acababa chamuscada en esa casa.

—Nos habría aguado un poco nuestras veladas de cócteles margarita —asintió.

—¿Alguna vez te he dicho...? —levanté la cabeza y sonreí— que tienes el don de ponerlo todo en perspectiva?

Los restos de los Lightower se encontraban uno al lado del otro en sendas camillas. Incluso en Navidad la morgue era un lugar solitario, pero esa tarde de domingo, cuando el personal ya se había marchado a casa, el lugar —con las explícitas fotos de autopsias y las anotaciones médicas pegadas a las asépticas paredes, además del repugnante olor del aire— resultaba más lúgubre de lo que recordaba.

Me acerqué a los cadáveres.

—Así que me has llamado aquí. ¿Qué querías que viera?

—Te hice venir porque se me ocurrió que necesitabas un buen abrazo.

—Y así es —reconocí—, pero una revelación médica excepcional no me vendría mal.

Claire se dirigió hacia una mesa y empezó a quitarse los guantes quirúrgicos.

—Conque una revelación médica excepcional, ¿eh? —Puso los ojos en blanco—. ¿Qué podría tener para ti, Lindsay? Estas tres personas están hechas trizas.

13

Una hora después Tracchio y yo sostuvimos una tensa y muy emotiva conferencia de prensa en la escalinata del palacio de Justicia. Cindy estaba presente, así como la mitad de los medios de comunicación de la ciudad.

De vuelta a la oficina, Jacobi había pasado el nombre que figuraba en la foto, August Spies, por bases de datos policiales europeas, del CCI y del FBI. Nada de nada. Ni un nombre ni un grupo. Cappy trataba de averiguar algo de la *au pair* desaparecida. Contábamos con la descripción que nos había dado la hermana de Lightower, pero no teníamos ni idea de cómo encontrarla. Ni siquiera sabíamos su apellido.

Cogí un grueso volumen de la guía telefónica de Bell Western y lo lancé sobre el escritorio de Cappy.

—Ten, empieza por la N de niñeras.

Eran casi las seis. Habíamos mandado un equipo a las oficinas de X/L, pero lo único que obtuvimos fue un relaciones públicas del grupo que nos dijo que podíamos reunirnos con ellos al día siguiente a las 8.30 de la mañana. Los domingos son jodidos para resolver crímenes.

Jacobi y Cappy llamaron a la puerta de mi despacho.

—¿Por qué no te vas a casa? —preguntó Cappy—. Ya seguiremos nosotros con la investigación.

—Justo ahora iba a llamar a Charlie Clapper.

Su equipo seguía registrando el escenario del crimen.

—Lo digo en serio, Lindsay. Te tenemos cubierta y estás hecha un asco.

De repente de di cuenta de cuán agotada me sentía. Habían transcurrido nueve horas desde la explosión de la casa. Yo seguía con mi sudadera y mi ropa de correr y con el cuerpo cubierto de hollín.

—Oye, teniente. —Cappy se dio la vuelta—. Otra cosa: ¿Qué tal te fue anoche con Franklin Fratelli? ¿Tu gran cita?

Helos allí, con una sonrisa de oreja a oreja como dos adolescentes creciditos.

—No me fue. ¿Me lo preguntaríais si vuestro maldito oficial superior fuese un hombre?

—Puedes apostar a que sí —respondió Cappy—. Y a mi maldito oficial superior —el detective echó la cabeza calva hacia atrás—, le diría además: «Estás como quieres con esos leotardos. Ese hermano Fratelli debe ser un cretino».

—¿Quieres añadir algo Warren?

—No. —Se balanceó sobre los talones—. Sólo que mañana vestimos traje y corbata, ¿o puedo ponerme los pantaloncillos de tenis y mis Nikes?

Pasé junto a él, rozándolo y agitando la cabeza. De nuevo me llamaron.

—Teniente.

Me volví, irritada.

—¿Sí, Warren?

—Lo hiciste muy bien hoy. Lo sabe la gente que importa.

14

Sólo se tardaba diez minutos en coche hasta Potrero, donde resido en un apartamento de dos habitaciones. Cuando entré, *Martha* movió la cola. Uno de los policías en el escenario del crimen la había traído.

La luz del contestador parpadeaba en el teléfono. Sonó la voz de Jill:

—Lindsay, traté de hablar contigo en la oficina. Acabo de enterarme...

A continuación, la de Fratelli:

—Oye, Lindsay, si estás libre hoy... —lo borré sin escuchar que decía.

Fui a mi dormitorio y me quité los leotardos y la sudadera. No quería hablar con nadie esa noche. Puse un CD. El Reverendo Al Green. Me metí en la ducha y tomé un trago de cerveza que había llevado al cuarto de baño. Doblé la espalda bajo el chorro caliente. Las capas de mugre, hollín y el olor a cenizas fueron desapareciendo de mi cuerpo y quedaron dando vueltas a mis pies. Algo me provocó ganas de llorar.

Me sentía muy sola.

«Hoy podría haber muerto.»

Deseé que alguien me abrazara.

Claire tenía a Edmund para que la calmara en noches como ésta, después de haber juntado las piezas de tres cuerpos carbonizados. Jill tenía a Steve como-se-apellidara... Hasta *Martha* tenía a alguien: ¡a mí!

Mi pensamiento se desvió hacia Chris por primera vez en bastante tiempo. Ojalá se hallara conmigo aquella noche. Habían transcurrido dieciocho meses desde su muerte y yo estaba dispuesta a dejarlo atrás, a abrirme a alguien, si aparecía. La revelación no llegó con un redoble de tambores ni con un anuncio estilo «damas y caballeros, el sobre, por favor...», sino sólo por medio de una vocecita en mi corazón, mi voz, que me decía que ya era hora.

A continuación pensé de nuevo en la escena en el barrio de la Marina. Me vi en la calle, con *Martha*. La hermosa y calmada mañana, la casa de estuco. El pelirrojo que daba vueltas con sus patines en línea. El centelleo de una luz anaranjada.

Visioné la película una y otra vez y siempre acababa en el mismo punto.

«Hay algo que no ves.» Algo había borrado.

La mujer que dio la vuelta a la esquina justo antes del estallido. Sólo la avisté de espaldas. Rubia. Cola de caballo. Con algo en brazos. Pero eso no era lo que me molestaba.

Lo que me molestaba era que no volvió.

No se me había ocurrido hasta ahora. Después de la explosión... El chico de los patines en línea estaba allí, así como muchas otras personas. Pero no la rubia. Nadie la entrevistó. Nunca regresó. ¿Por qué?

Porque la hija de puta estaba huyendo.

El momento pasó repetidamente por mi cabeza. Algo en brazos. Huía.

Era la *au pair*.

¿Y el bulto que llevaba en brazos?

¡Era el bebé de los Lightower!

15

Su cabello cayó al suelo en gruesos mechones rubios. Cogió las tijeras y siguió cortando. Todo tenía que empezar de nuevo. Wendy había desaparecido para siempre. Un nuevo rostro surgió del espejo. Se despidió de la *au pair* que había sido durante los últimos cinco meses.

Cortó con el pasado. Wendy era un nombre para Peter Pan, no para el mundo real.

El bebé berreaba en la habitación.

—Calla, Caitlin, por favor, cariño.

Tenía que decidir qué hacer con ella. Sólo sabía que no podía dejarla morir. Había escuchado las noticias todo el día. Todo el mundo la buscaba. La tildaban de asesina a sangre fría. De monstruo. Pero no podía ser tan monstruosa, ¿no?, si había salvado al bebé.

—Tú no crees que sea tan monstruosa, ¿verdad Caitlin? —gritó al bebé llorón.

Michelle inclinó la cabeza sobre la pila, se echó un frasco de tinte Rojo Puesta de Sol de l'Oreal y se frotó la cabellera.

Wendy, la *au pair*, desapareció.

De un momento a otro acudiría Malcolm. Habían acordado no reunirse hasta que estuviesen seguros de que no la habían seguido. Pero lo necesitaba, ahora que le había demostrado de lo que era capaz.

Oyó un ruido en la puerta del apartamento. El corazón le dio un vuelco.

¿Y si había sido descuidada? ¿Y si alguien la había visto regresar con el bebé? ¿Y si estaban abriendo la puerta a patadas?

Entonces Malcolm entró en la habitación.

—Esperabas ver a la pasma, ¿verdad? ¡Te dije que eran estúpidos!

Michelle corrió hacia él y saltó a sus brazos.

—Ay, Mal, lo hemos hecho. Lo hicimos. —Le dio un centenar de besos en la cara—. Hice lo correcto, ¿verdad? —preguntó—. Quiero decir que en la tele dicen que quienquiera que lo haya hecho es un monstruo.

—Te he dicho, Michelle, que tienes que ser fuerte. —Mal le acarició el cabello—. Los de la tele están comprados, como todos los demás. Pero mírate... Estás tan diferente.

De pronto se oyó un lloriqueo desde el dormitorio. Mal sacó una pistola del cinturón.

—¿Qué coño es eso?

Michelle iba pisándole los talones cuando corrió hacia el dormitorio. La miró horrorizado.

—Mal, podemos quedárnosla un tiempo. La cuidaré. No ha hecho nada malo.

—Imbécil —exclamó y la empujó sobre la cama—. Todos los polis de la ciudad van a buscar a este bebé.

Michelle sintió que se ahogaba, como solía sucederle cuando la voz de Mal se endurecía. Rebuscó el inhalador en su bolso. Siempre lo llevaba allí. Nunca iba a ninguna parte sin él. Anoche lo tenía. «¿Dónde demonios estaba?»

—La quería, Malcolm —insistió—, creí que lo entenderías.

Malcolm le acercó el rostro al del bebé.

—¿Ah, sí? Pues entiende esto: esa cría se va, *mañana*. Haz que deje de llorar. Métele las tetas en la boca, tápale la cabeza con una jodida almohada. Por la mañana, aquí ya no habrá bebé.

16

Charles Danko creía que no era bueno correr riesgos innecesarios; también creía que todos los soldados eran prescindibles, incluso él. Le gustaba citar el evangelio: «Siempre hay otro soldado.»

De modo que hizo una llamada desde un teléfono público en Mission District. Si la interceptaban, si la descubrían, que así fuera.

Sonó varias veces antes de que alguien contestara en el apartamento. Reconoció la voz de Michelle, la maravillosamente insensible *au pair*. Menuda actuación la suya.

—Estoy orgulloso de ti, Michelle. Por favor, no digas nada; que se ponga Malcolm. Pero eres una heroína.

Michelle dejó el auricular y Danko tuvo que reprimir una sonrisa al comprobar lo bien que seguían sus órdenes.

Resultaba absurdo y esclarecedor de cómo era la condición humana. Demonios, seguro que explicaba lo de Hitler en Munich. Tanta gente inteligente, la mayoría graduados universitarios, que nunca ponía nada en tela de juicio.

—Sí. Soy yo.

Oyó la voz sombría. El chico era brillante, pero también un auténtico asesino, probablemente un psicópata. Hasta al propio Danko se asustaba a veces.

—Escúchame bien. No quiero hablar demasiado tiempo. Sólo quería ponerte al corriente. Todo va de maravilla. No podría ir mejor.

Danko hizo una pausa.

—Vuelve a hacerlo —le ordenó por fin.

17

Un descomunal logotipo en forma de una X entrecruzada con una L coronaba el edificio de ladrillo y cristal sobre un promontorio que descollaba sobre la bahía. Una recepcionista bien vestida nos guió a Jacobi y a mí a una sala de conferencias. En las paredes recubiertas de madera aparecían artículos y portadas de revistas en las que figuraba el rostro resplandeciente de Morton Lightower. Una portada de la prestigiosa revista *Forbes* mostraba esta pregunta: «¿Alguien en Silicon Valley puede detener a este hombre?»

—¿Qué es, exactamente, lo que hace esta empresa? —preguntó Jacobi.

—Conmutadores de alta velocidad o algo parecido. Transmiten los datos a través de Internet. Eso fue antes de que todos se dieran cuenta de que no tenían datos que trasmitir por Internet.

La puerta de la sala se abrió y dos hombres entraron. Uno lucía una cabellera grisácea y una piel rosada, y vestía un traje de buen corte. Un abogado. El otro era corpulento y casi calvo y llevaba una camisa a cuadros abierta. Un técnico.

—Soy Chuck Zinn —se presentó el hombre trajeado, y ofreció su tarjeta de visita a Jacobi—. Soy el J.A.L. de X/L. ¿Es usted el teniente Boxer?

—Soy *la* teniente Boxer. —Miré su tarjeta de identificación y dije—: ¿Qué significa J.A.L.?

—Jefe de la asesoría legal. —El hombre hizo un ligero gesto de disculpa—. Éste es Gerry Cates, quien ayudó a fundar la compañía con Mort.

»Huelga decir que estamos todos horrorizados. —Los dos hombres se sentaron, al igual que nosotros, en torno a la mesa—. La mayoría de nosotros conocemos a Mort desde el principio. Gerry estudió en Berkeley con él. Quiero empezar por prometerles que obtendrán toda la colaboración de la empresa.

— ¿Tienen alguna pista? —indagó Cates—. Nos hemos enterado de que Caitlin ha desaparecido.

—Hacemos todo lo que podemos para encontrarla. Nos dijeron que la familia tenía una *au pair*, y ha desaparecido. ¿Podrían ayudarnos a dar con ella?

—Puede que Helene os ayude. Es la secretaria de Mort. —Cates miró al abogado.

—Creo que es factible. —Zinn escribió algo en un papel.

Comenzamos con las preguntas habituales: ¿Había recibido Mort alguna amenaza? ¿Se les ocurre alguien que quisiera hacerle daño?

—No. —Gerry Cates hizo un gesto negativo y miró al abogado—. Por supuesto, los asuntos financieros de Mort se pregonaban por toda la prensa —continuó—. Siempre hay alguien que pierde los estribos en las asambleas de accionistas. Censores de cuentas. ¡Demonios, pretendes remodelar tu cocina y te acusan de desangrar la maldita compañía!

Jacobi sonrió.

—¿Cree que alguien podría cabrearse si vendiera seiscientos millones de dólares de sus propias acciones mientras anda por todo el país diciendo que comprarlas a diez es una ganga?

—No podemos controlar el precio de nuestras acciones, inspector —respondió Cates, obviamente alterado por la pregunta.

Un silencio tenso se instaló en la sala.

—Nos proporcionarán una lista de sus clientes —afirmé.

—Factible —el abogado escribió otra nota.

—Y vamos a necesitar acceso a los ordenadores privados del señor Lightower, incluyendo sus correos electrónicos y su correspondencia —le solté la bomba al jefe jurídico en jefe.

Su estilográfica ni siquiera tocó el papel.

—Esos archivos son privados, teniente. Creo que debo averiguar cuál es nuestra posición legal antes aceptar eso.

—Yo creí que usted fijaba la posición legal —dijo Jacobi con una sonrisa socarrona.

—Su jefe ha sido asesinado, señor Zinn. Me temo que es asunto nuestro ahora. Había una nota en el escenario del crimen —indiqué. Deslicé una copia de la foto—. Se refería a Morton Lightower como «un enemigo del pueblo». Hay un nombre abajo, August Spies. ¿Significa algo para ustedes?

Zinn parpadeó. Cates inspiró a fondo y su mirada perdió toda expresión.

—No hace falta que les recuerde que se trata de una investigación por asesinato. Si alguien está ocultando información, éste sería el momento...

—Nadie oculta nada —dijo Gerry Cates con tono seco.

—Supongo que querrán hablar con Helene ahora —sugirió el jefe legal, y enderezó su libreta como si la reunión se hubiese terminado.

—Lo que quiero es sellar el despacho del señor Lightower, ahora mismo. Y quiero acceso a toda su correspondencia. Incluidos los archivos informáticos y su correo electrónico.

—No estoy seguro de que sea factible, teniente. —Chuck Zinn se repantigó en su asiento.

—Deje que le explique lo que es factible, señor Zinn. —Me quedé con aquella falsa y sumisa sonrisa—. Lo factible es que estaremos aquí dentro de dos horas con una orden judicial y cualquier cosa que haya sido borrada de esos archivos en las últimas veinticuatro horas será considerado como obstrucción a una investigación de asesinato. Otra cosa que es factible es que cualquier cosa que hallemos allí que no sea halagadora para X/L irá a parar a manos de los hambrientos tiburones legales de la oficina del fiscal. ¿Algo de eso le suena factible, señor Zinn?

Gerry Cates se inclinó hacia su abogado.

—Chuck, tal vez podríamos ceder un poco.

—Claro que podemos ceder un poco —asintió Zinn—. Pero me temo que ya no tenemos tiempo hoy. Y ustedes también han de estar muy ocupados. Así que, si no hay más... —se levantó y sonrió—, estoy seguro de que querrán ir a hablar con Helene.

18

Tardé unos seis segundos después de salir hecha una furia de las oficinas de X/L en llamar a Jill. Le expliqué en detalle la frustrante reunión de la que acababa de salir.

—¿Quieres una orden judicial —me interrumpió Jill— para acceder a los archivos de Lightower?

—Brillante deducción, Jill, y antes de que manden a los chicos de Arthur Anderson para que hagan un poco de limpieza.

—¿Tienes alguna prueba de que hay algo en el ordenador de Lightower?

—Tíldame de suspicaz, Jill, pero cuando un tipo al que entrevisto empieza a retorcerse como un bacalao atrapado en un sedal, la antena policial que tengo detrás de la oreja hace cling.

—¿Qué hace? —Jill se echó a reír.

—Cling —dije con mayor firmeza—. Vamos, Jill, esto no es una broma.

—¿Tienes algo aparte de esa antena exaltada que te sugiera que están ocultando algo?

En mi pecho la sangre empezó a bullir.

—No vas a hacer esto por mí, ¿verdad?

—No *puedo* hacerlo, Lindsay. De lo contrario, no podrías presentar como prueba lo que encontraras. Mira, podría tratar de llegar a un acuerdo con ellos.

—Jill, tengo una investigación de asesinato múltiple.

—Entonces, en tu lugar, yo trataría de aplicar alguna clase de presión que no fuese jurídica.

—¿Quieres explicarme eso?

Jill resopló.

—Que yo sepa, todavía tenías algunos amigos entre los medios de comunicación...

—¿Dices que tal vez colaborarían si el *Chronicle* los pusiera verdes en primera plana?

—Brillante deducción, Lindsay... —oí a Jill soltar una risita.

De repente sonó mi teléfono móvil.

Me llamaba Cappy Thomas desde la comisaría.

—Teniente, la necesitó aquí a la mayor brevedad posible. Tenemos una pista sobre la *au pair*.

19

Había dos mujeres sentadas en la sala de interrogatorios cuando llegué. Eran propietarias de una pequeña empresa de colocación de niñeras y *au pair*s, según me informó Cappy, llamada «¡Una niñera significa amor!».

—Acudimos en cuanto supimos lo ocurrido —me explicó Linda Clairborne, que lucía un jersey de cachemira—. Nosotras colocamos a Wendy Raymore en ese puesto.

—Parecía perfecta para el trabajo —exclamó Judith Hertan, su socia. Sacó una carpeta amarilla y la deslizó por la mesa. Contenía una solicitud de empleo para ¡Una Niñera Significa Amor!, varias cartas de recomendación y un carné de la Universidad de Berkeley con una foto.

—Los Lightower la adoraban —añadió Linda.

Clavé la mirada en la pequeña foto plastificada del rostro de Wendy Raymore. Rubia, de pómulos altos y una amplia y resplandeciente sonrisa. Revisé la imagen mental que tuve antes de la explosión: la chica en mono que huía del escenario. Podía ser ella.

—Investigamos cuidadosamente a todas nuestras chicas. Wendy parecía una joya. Era alegre y atractiva, una chica sumamente entrañable.

—Y los Lightower nos dijeron que su bebé se había encariñado con ella como si fuese de la familia —agregó su socia—. Siempre investigamos.

—Estas recomendaciones... ¿también las investigaron?

Judith Hertan vaciló...

—Puede que no todas. Sí que llamé a la universidad y me aseguré de su buena reputación y, claro, teníamos su carné universitario.

Me fijé en la dirección: 17 Pelican Drive. Al otro lado de la bahía, en Berkeley.

—Creo que dijo que vivía fuera del campus —manifestó Linda Clirborne—. Enviamos su confirmación a un apartado postal.

Salí de la sala con Cappy y Jacobi.

—Alertaré a la policía de Berkeley y a Tracchio.

—¿Cómo quieres que lo manejemos? —Me miró Cappy. Lo que quería decir era: ¿Cuánta fuerza debemos usar para detenerla?

Clavé la mirada en la foto.

—Usad todos los medios.

20

Cuarenta minutos más tarde nos hallábamos a una manzana del 17 de Pelican Drive, en Berkeley. Se trataba de una destartalada casa azul, estilo victoriano, en una calle de casas similares situada a algunas manzanas de distancia del campus universitario. Dos coches patrulla habían bloqueado la calle. Una camioneta de la brigada especial aparcó junto a nosotros. No sabía qué podría suceder y no pensaba correr ningún riesgo.

Todos nos pusimos chalecos antibalas debajo de la chaqueta policial. Eran las 11.45. La policía de Berkeley tenía la casa vigilada. Nos informaron de que nadie había salido, pero nos dijeron que una chica de raza negra con una bolsa de la universidad de Berkeley había entrado hacía treinta minutos.

—Vamos a por un bebé desaparecido —ordené.

Jacobi, Cappy y yo nos escondimos detrás de una fila de coches aparcados cerca de la fachada de la casa. Ninguna señal de actividad en el interior. Sabíamos que podía haber una trampa explosiva.

Dos inspectores se acercaron furtivamente al porche. Un miembro de la brigada especial aguardó con un ariete, por si teníamos que entrar por la fuerza.

Asentí con la cabeza. «Entremos».

—¡Policía de San Francisco! ¡Abran la puerta! —Cappy llamó con fuerza a la puerta.

Yo tenía los ojos bien abiertos sobre las ventanas laterales por si veía alguna señal de actividad. Ya habían utilizado una bomba y estaba convencida de que no dudarían en abrir fuego. Pero no vi nada.

De pronto oí las pisadas de alguien que se acercaba en el interior, así como el abrir de una cerradura. En cuanto la puerta se abrió, apuntamos nuestras armas a quien se hallaba detrás.

Era la chica negra con la sudadera de la universidad a la que la policía de Berkeley había visto entrar. Al ver a los de la brigada especial soltó un chillido sobrecogido.

—¿Wendy Raymore? —aulló Cappy, y la arrastró lejos de la puerta.

La chica, en estado de shock, apenas era capaz de hablar. Cappy la arrojó a los brazos de un miembro de la brigada especial. Temblando, señaló una escalera y tartamudeó:

—Creo que está por allí.

Los tres la apartamos y entramos. Dos dormitorios estaban abiertos y vacíos. No había nadie dentro. Pasillo abajo, la puerta se encontraba cerrada.

Cappy llamó a la puerta con su porra.

—¿Wendy Raymore? ¡Policía de San Francisco!

No hubo respuesta.

La adrenalina me quemaba en las venas. Cappy me miró y revisó su pistola. Jacobi se preparó. Di la señal.

Cappy abrió a patadas. Entramos con la pistola apuntando por toda la habitación.

Una chica en sudadera se levantó de un salto de la cama. Parecía aturdida, parpadeaba de sueño. Empezó a gritar.

—¡Dios mío! ¿Qué está pasando?

— ¿Wendy Raymore? —Cappy no dejaba de apuntarla con su arma.

El rostro de la chica estaba pálido de terror y su mirada iba de un lado a otro.

—¿Dónde está el bebé? —preguntó Cappy.

«¡Algo va mal! ¡Pero que muy mal, joder!», pensé.

La chica, de largo cabello oscuro, era de tez morena. No se parecía en nada a la descripción que nos había dado Dianne Aronoff, a la foto del carné universitario de Wendy Raymore ni a la mujer que vi huir de la explosión. Me dije que sabía lo que había sucedido. Esta chica probablemente había perdido el carné o se lo habían robado. Pero ¿quién lo tenía ahora?

Bajé la pistola. Estábamos observando a otra joven.

—Esta no es la *au pair* —anuncié.

21

A Lucille Cleamons le quedaban exactamente diecisiete minutos de la hora de la comida para quitar los restos de *ketchup* del rostro de Marcus, llevar a los mellizos a la guardería y pillar el autobús 27 de vuelta al trabajo, antes de que el señor Damon empezara a restarle 7,85 dólares por hora (o 13 centavos por minuto).

—Vamos, Marcus —susurró a su hijo de cinco años, que tenía la cara salpicada de *ketchup*—. No tengo tiempo para esto hoy. —Le frotó la camisa blanca, que se parecía en aquel momento a una de sus más coloridas pinturas hechas con los dedos y, ¡carajo!, ni una mancha desapareció.

Desde su silla, Cherisse señaló con el dedo.

—¿Puedo tomar helado, mamá?

—No, hija, no puedes. Mamá no tiene tiempo. —Miró su reloj y sintió que el corazón le daba un vuelco. «Ay, Dios...»

—Vamos, hijo —Lucille amontonó las cajas de Happy Meal sobre una bandeja—. Tengo que limpiarte deprisa.

—Por favor, mamá, es un McSundae —insistió Cherisse.

—Podrás comprarte tu propio McSundae cuando sea tu dólar con setenta y cinco el que acabe en la mesa. Ahora, limpiaos los dos, mamá tiene que marcharse.

—Pero si yo estoy limpia —protestó Cherisse.

Lucille los sacó a rastras del reservado y corrió hacia el lavabo.

—Sí, pero tu hermano parece haber ido a la guerra.

Tiró de ellos por el pasillo que llevaba hacia los servicios. Abrió la puerta del de las damas. Al fin y al cabo, estaban en un McDonald's y a nadie le molestaría. Subió a Marcus a la encimera, mojó una servilleta de papel y empezó a frotar la mugre de su cuello.

El chiquillo se retorció.

—¡Caramba, niño, si quieres ponerte hecho un asco, tendrás que aceptar que te limpie! Cherisse, ¿tienes que hacer pis?

—Sí, mamá.

La pequeña era la más limpia. Los dos tenían cinco años, pero Marcus casi no sabía bajarse la cremallera. Parte del *ketchup* empezó a desaparecer.

—Cherisse —chilló Lucille—, ¿vas a sentarte en ese retrete o no?

—No puedo, mamá.

—¿No puedes? No tenemos tiempo para esto, jovencita. Bájate los leotardos y haz pis.

—No puedo, mamá. Tienes que venir a ver esto.

Lucille suspiró. Seguro que quien afirmara que el tiempo está de tu parte no tenía mellizos. Echó una rápida mirada al espejo y suspiró de nuevo. Nunca tenía un solo segundo para sí misma. Dejó a Marcus en el suelo y fue a abrir la cabina de Cherisse.

—Bien, ¿por qué estás llorando, niña? —preguntó, irritada.

La pequeña miraba el retrete.

—Dios mío. —Lucille inspiró hondo.

Sobre el asiento del retrete, envuelto en una manta y dentro de una cunita de mimbre había un bebé.

22

De vez en cuando, en este trabajo, hay momentos en que todo te funciona bien. El hallazgo del bebé de los Lightower en el McDonald's fue uno de ésos momentos. El palacio de Justicia entero pareció soltar un profundo y agradecido suspiro de alivio.

Llamé a Cindy y le pedí un favor. Me dijo que estaría encantada de presionar un poco a los de X/L.

Colgué el auricular y Charlie Clapper llamó a mi puerta.

—Buen movimiento, Boxer.

—Eso resulta un tanto machista, incluso para ti —exclamé con una sonrisa.

Clapper se echó a reír. Su equipo en el escenario del crimen había pasado la mayor parte del día y medio anterior rebuscando entre los escombros. Se le veía agotado.

—Para tus ojos primero, cariño. —Con la cabeza me indicó que lo siguiera—. Son mucho más bonitos que los de Tracchio.

—Ya sabía yo que por algo me habían dado esta placa dorada.

Charlie me llevó a su despacho, pasillo abajo. Niko, del equipo de bomberos, apoyado en la vieja butaca reclinable de madera de Charlie, extraía algo de una caja de comida china.

—De acuerdo: ya tenemos una idea de cómo era el artefacto explosivo. —Charlie me alcanzó una silla. Alguien había dibujado en una pizarra un plano de la casa de los Lightower—. Había restos de C-4 por todas partes. Con unos doscientos veinticinco gramos basta para hacer estallar un avión en el cielo, así que, dada la magnitud de la explosión, calculo que había cinco veces más. Quienquiera que lo hiciera lo metió en algo como esto —sacó una bolsa deportiva de Nike— y lo colocó en una de las habitaciones.

—¿Cómo lo sabemos? —pregunté.

—Fácil. —Clapper sonrió con picardía—. Sacó un fragmento de nailon negro con el logotipo de Nike—. Lo encontramos pegado a la pared.

—¿Crees que podréis sacar alguna huella de la bolsa? —pregunté, esperanzada.

—Lo siento, cariño. —Clapper esbozó una sonrisa malévola—. Ésta es la bolsa.

—La explosión la provocó un artefacto bastante complejo —explicó Niko—. Lo activaron por control remoto. El detonador estaba conectado a un teléfono móvil.

—En el mercado es posible encontrar C-4, Lindsay. Podríamos averiguar si ha habido robos en construcciones, si falta en algún inventario militar... —sugirió Charlie Clapper.

—¿Qué tal te llevas con los niños, Charlie?

—Si son hembras de más de dieciocho años o más, bien —contestó el especialista del escenario del crimen con una sonrisa—. ¿Por qué? ¿Por fin se te antoja?

Si midiera unos treinta centímetros más, pesara veinte kilos menos y no llevara treinta años casado, quizás algún día aceptaría sus insinuaciones.

—Lo siento, ésta es bastante más jovencita...

—¿Te refieres a la hija de los Lightower? —Charlie hizo una mueca de asco.

Asentí.

—Quiero que le saquen huellas, Charlie: a la niña, a la manta, a la cunita de mimbre, a todo lo que se te ocurra.

—Hace treinta años que no cambio un pañal. —Charlie suspiró con una expresión bastante medrosa—. Oye, casi se me olvida... —Extrajo una bolsa de pruebas codificada de debajo de una pila de papeles que había sobre su escritorio—. Había otra habitación al fondo del pasillo del cuarto de juegos. Alguien pasó la noche allí, alguien de quien no sabemos nada todavía.

«La *au pair*», pensé.

—No te hagas ilusiones —Charlie se encogió de hombros—. Eran puras cenizas. Pero recogimos esto junto a la cama.

Me lanzó la bolsa de plástico, en cuyo interior había un pequeño bote retorcido de unos siete centímetros y medio de largo.

Lo levanté. No tenía la menor idea de qué podía ser.

—Debió de derretirse. —Clapper se encogió de hombros. Rebuscó en la americana colgada en el respaldo de la silla y sacó algo parecido.

—Proventil, Lindsay. —Destapó el suyo y lo encajó en el de la bolsa de pruebas. Presionó dos veces la boquilla y dos rachas de polvo saltaron al aire.

—Quienquiera que durmiese en esa cama sufre de asma.

23

Jill Bernhardt seguía sentada en su despacho, a oscuras, mucho después de que todos se marcharan.

Frente a ella, un informe. De repente se dio cuenta de que llevaba diez minutos con la vista clavada en la misma página. Las noches en que Steve no viajaba o no trabajaba hasta tarde ella se quedaba en el despacho. Cualquier cosa con tal de evitarlo. Aunque no estuviese preparando un juicio.

Jill Meyer Bernhardt. Superabogada. El perro guardián de todo el mundo.

Le daba miedo ir a casa.

Se masajeó con suavidad la magulladura en la columna vertebral. El moratón más reciente. ¿Cómo podía estarle pasando esto a ella? Estaba acostumbrada a representar a mujeres que se sentían así y era nuevo para ella guardar ese secreto.

Una lágrima resbaló por su mejilla. «Fue cuando perdí al bebé», se dijo. Entonces empezó todo.

Pero no, sabía que el problema con Steve comenzó mucho antes, cuando ella se graduó en la Facultad de Derecho y él estaba acabando su máster en Administración de Empresas. Empezó con lo que debía vestir. Trajes que a él no le agradaban o que no mostraran sus cicatrices. Cenas en las que la opinión de Steve sobre política, el trabajo de Jill, cualquier tema, parecían mucho más contundentes, más importantes que las suyas. Cuando él fingía que habían pagado la entrada de la casa, del Beemer con lo que él ganaba.

«No eres capaz de hacerlo, Jill.» La misma cantaleta que oía desde que lo conoció. Dios Santo, se secó los ojos con la mano. Ella era la principal ayudante del fiscal de la ciudad. ¿Qué más tenía que probar?

El teléfono sonó. El repentino timbrazo la sobresaltó. ¿Sería Steve? Con sólo oír su voz sentía náuseas. Ese horripilante tono suyo, tan supuestamente preocupado, tan aparentemente solícito.

—Eh, cariño, ¿qué haces? Ven a casa. Vamos a correr.

Para su alivio, en la pantalla vio que quien telefoneaba era un ayudante del fiscal de Sacramento para responder a una indagación acerca de dejar salir a un testigo de la penitenciaría del Estado. Dejó que fuera un mensaje de voz.

Cerró el voluminoso informen. Sería la última vez, se juró. Empezaría por contárselo a Lindsay. Le dolía no ser sincera con ella. De todos modos, Lindsay creía que Steve era un capullo. No tenía un pelo de tonta.

Mientras llenaba el portafolios el teléfono volvió a sonar. En esta ocasión poseía ese timbrazo tan especial, un timbrazo que la pulverizaba.

«No contestes, Jill». Se encontraba cerca de la puerta, pero algo la hizo mirar la pantalla digital, en la cual apareció el familiar número. Sintió que se le secaba la boca. Lentamente, descolgó.

—Bernhardt —susurró y cerró los ojos.

—¿Estás trabajando tarde otra vez, cariño? —La voz de Steve la azoró—. Si no supiera que no es posible —continuó él, con un deje casi dolido—, pensaría que te da miedo volver a casa.

24

Esa noche George Bengosian tuvo suerte.

Bajo y casi calvo, de nariz grande y aplastada, Bengosian se dio cuenta, en el primer período de residencia, que no tenía talento para la urología y que su auténtica vocación consistía en fusionar aseguradoras regionales a punto de quebrar y convertirlas en gigantescas mutuas médicas. Se percató también de que no era la clase de hombre que conquistaría a las mujeres con sus proyecciones de beneficios ni con los absurdos chistes de la industria, y ciertamente no a esa sexy analista que participaba en la conferencia sobre asistencia sanitaria que organizaba el Banco de América.

Diríase que vivía el sueño de otra persona. Tenía a Mimi como hipnotizada y ahora iban camino de su suite.

—El ático, espera a ver las vistas —bromeó.

Medio mareado trazó el perfil del sostén de la mujer al abrir la puerta de su suite en el Clift; ya se imaginaba esas juguetonas tetas saltar delante de él, y esos ojos como de cordero clavados en los suyos. Esto era lo que se conseguía cuando tu foto figuraba en el informe anual.

—Dame un segundo —pidió Mimi; le dio un pellizco en el brazo y se dirigió al cuarto de baño.

—No tardes —contestó George con gesto mohíno.

Con torpe prisa arrancó el envoltorio de una botella de champán Roederer, cortesía de la casa, y sirvió dos copas. En sus calzoncillos, su miembro de cincuenta y cuatro años daba bandazos, cual un bacalao en una cesta sin fondo. Por la mañana debía viajar en jet para asistir a una reunión de la comisión del Senado de Illinois sobre atención sanitaria. Sabía que a los comisionados se les había convencido de que hicieran la vista gorda mientras él se deshacía de las cuentas individuales más pobres y arriesgadas. Ciento cuarenta mil familias fuera del plan, ¡para mayor gloria del balance final!

Mimi regresó del cuarto de baño y a George le pareció mejor que nunca. Le entregó una copa.

—Por ti —dijo—. Bueno, por los dos. Por esta noche.

—Por Hopewell. —Mimi esbozó una breve sonrisa y entrechocó su copa con la suya—. Oye, ¿quieres probar algo? —Le puso una mano en una muñeca—. Esto garantiza que tus proyecciones sean firmes y sólidas como una roca. —Extrajo un gotero de su bolso—. Saca la lengua.

George obedeció y ella le dio dos gotas.

¡Qué amargo! Un sabor tan fuerte que casi lo hizo saltar.

—¿No pueden darle sabor a cereza?

—Una más —propuso Mimi con una sonrisa deslumbrante—. Sólo para que estés listo para mí. Por *nosotros*.

George volvió a sacar la lengua. El corazón le latía fuera de control.

Mimi escanció otra gota y su sonrisa cambió. Se tornó más fría. Le apretó las mejillas y puso el frasco boca abajo.

A George se llenó la boca del líquido. Trató de escupirlo, pero ella le echó la cabeza atrás y no tuvo más remedio que tragárselo todo. Los ojos se le salían de las órbitas.

—¿Qué demonios?

—Es un tóxico —informó Mimi, a la vez que metía el frasco de nuevo en el bolso—. Es un veneno muy especial para un tipo muy especial. La primera gota bastaría para matarte en unas horas. Acabas de tragar suficiente para liquidar a todo San Francisco.

La copa de champán de George cayó al suelo y se hizo añicos. Trató de vomitar el líquido ingerido. Aquella zorra debía de estar chiflada. Seguro que bromeaba. Sin embargo, sintió un violento re-tortijón en el abdomen.

—Esto es de parte de todas esas gentes a las que has pasado la vida jodiendo, señor Bengosian. No los conocías, sólo eran familias que no tenían más remedio que contar contigo. Con Hopewell. ¿Felicia Brown? Murió de un melanoma que tenía tratamiento. ¿Thomas Ortiz? ¿Te suena? A tu equipo de gestión de riesgos sí que le sonaría. Se pegó un tiro cuando supo que no podría pagar el tratamiento del tumor cerebral de su hijo. Se llama «limpiar las arcas», ¿no es así, señor B?

De pronto el estómago del aludido dio otro retortijón. La boca se le llenó de un espumarajo viscoso; se lo escupió sobre la camisa, pero tenía la impresión de que unas garras le arrancaban las entrañas. Sabía lo que sucedía. Un edema pulmonar. Fallo orgánico instantáneo. «Grita y pide ayuda —se dijo—. Alcanza la puerta.» No obstante, las piernas le fallaron y se le doblaron.

Mimi permanecía tranquila; lo observaba con una sonrisa socarrona. Él le tendió la mano: deseaba pegarle, retorcerle el pescuezo, aplastarla hasta que se le fuera la vida. Pero fue incapaz de moverse.

—Por favor... —No era ninguna broma.

Ella se arrodilló junto él.

—¿Qué se siente cuando sabes que tus arcas están limpias, señor Bengosian? Ahora sé bueno y abre la boca otra vez. ¡Bien abierta!

Con todas sus energías George intentó llenar los pulmones de aire, pero no había tal. Se le abrió la mandíbula. La lengua se le había hinchado y tenía unas proporciones monstruosas. Mimi sostuvo un papel azul frente a sus ojos. Al menos a él le pareció azul, pero sus ojos, refractivos y vidriosos, ya no sabían distinguir los colores. Entre sombras vio el logotipo de Hopewell.

Mimi arrugó el papel y se lo metió en la boca.

—Gracias por pensar en Hopewell, pero, como dice el formulario, ¡se deniega la cobertura médica!

25

Mi móvil sonaba.

A media noche. Me senté de un brinco y miré el despertador. *Mierda*. Las cuatro de la madrugada.

Atontada, cogí el teléfono y traté de leer el número en la pantalla. Era Paul Chin.

—Hola, Paul, ¿qué pasa? —mascullé.

—Lo siento, teniente. Estoy en el hotel Clift. Creo que debería venir.

—¿Has encontrado algo? —Vaya pregunta para las cuatro de la madrugada. Las llamadas a esas horas significaban una sola cosa.

—Sí. Creo que la explosión en casa de los Lightower acaba de complicarse un poco.

Ocho minutos después —tejanos, un body y unos cuantos cepillazos del cabello— me encontraba en el Explorer, circulando por Vermont a toda mecha rumbo a la Séptima, con las luces del techo parpadeando a través de la silenciosa noche.

Tres coches patrulla y otro de la morgue rodeaban la brillante y nueva entrada del hotel. El Clift era uno de los viejos grandes hoteles de la ciudad y acababa de sufrir una elaborada renovación. Gracias a mi placa me abrí paso entre los polis que, desde el frente, observaban boquiabiertos el lujoso sofá de piel de avestruz y los cuernos de toro colgados en las paredes, y entre los atónitos empleados que se arremolinaban por todas partes sin saber qué hacer. Subí al ático, donde me aguardaba Chin.

—El nombre de la víctima es George Bengosian. Un pez gordo de las mutuas médicas —me explicó Paul Chin, mientras me conducía a la suite—. Prepárate. Lo digo muy en serio.

Contemplé el cuerpo, apoyado con la espalda recta contra la pata de una mesa de conferencias de la lujosa habitación.

El color de su piel había adquirido el tono verde amarillento de la hipoxia y la consistencia de la jalea. Parecía que sus ojos habán haber sido arrancados de las cuencas destrozadas. Tenía un visco-so fluido anaranjado, seco, grotesco, en el mentón.

—¿Qué diablos hizo? —murmuré al técnico médico agachado sobre él—. ¿Participó en una competición con un extraterrestre para arrancarse la vida?

El técnico parecía completamente perplejo.

—No tengo la menor idea.

—¿Estás seguro de que es un homicidio? —pregunté a Chin.

—En recepción recibieron una llamada a las dos menos cuarto de la mañana —contestó con un encogimiento de hombros—, des-de fuera del recinto. Les dijeron que debían recoger basura en el ático.

—Eso me convence. —Olfateé el ambiente.

—Eso y *esto* —dijo Chin, y le mostró un papel arrugado que había recogido con guantes de látex—. Lo encontré en su boca.

Parecía un formulario comercial arrugado.

Un logotipo blanco en relieve: Mutua Médica Hopewell.

Se trataba de un formulario de prestaciones, al que se había añadido texto. Empecé a leer y se me heló la sangre.

Hemos declarado la guerra a los agentes de la avaricia y la corrupción de nuestra ciudad. Ya no podemos quedarnos de brazos cruzados y tolerar a la clase en el poder, cuyo úni-co derecho de nacimiento es la arrogancia, mientras se en-riquecen a costa de los oprimidos, los débiles y los pobres. La era del *apartheid* económico ha llegado a su fin. Os en-contraremos, no importa lo grandes que sean vuestras ca-sas y lo poderosos que sean vuestros abogados. Estamos en vuestros hogares, en vuestros lugares de trabajo. Os anun-ciamos que vuestra guerra no está lejos, sino aquí mismo. Es con nosotros.

«Joder.» Miré a Chin. No se trataba de un homicidio, sino de una ejecución, una declaración de guerra. Y Chin tenía razón, la bomba en casa de los Lightower acababa de complicarse mucho más.

La rúbrica: August Spies.

SEGUNDA PARTE

26

Primero llamé a Claire.

Contábamos con una hora, más o menos. El tiempo justo antes de que este grotesco y en apariencia aleatorio crimen se convirtiera en titular en todo el mundo como el segundo asesinato de una despiadada orgía de terror. Tenía que averiguar cómo había muerto Bengosian. Y pronto.

Mi segunda llamada fue a Tracchio. Todavía no daban las cinco. El oficial en el turno de noche me comunicó con él.

—Aquí Lindsay Boxer. Me dijiste que te informara de inmediato en cuanto ocurriera algo.

—Sí —lo oí gruñir, mientras se peleaba con el auricular.

—Estoy en el hotel Clift. Creo que acabo de encontrar el motivo de la bomba en casa de los Lightower.

Me lo imaginé con el pijama y sentándose de golpe mientras las gafas le caían al suelo.

—¿Uno de los socios de X/L ha confesado por fin? Fue por dinero, ¿verdad?

—No —hice un gesto negativo con la cabeza—. Es una guerra.

Después de hablar con el jefe registré la habitación de hotel de Bengosian. Ni sangre, ni señales de lucha. Una copa de champán medio llena sobre la mesa de conferencias. Otra, hecha añicos, a los pies de Bengosian, cuya americana se hallaba tirada sobre el sofá. Una botella abierta de Roederer.

—Quiero una descripción de la persona con la que subió —ordené a Lorraine Stafford, una de mis inspectoras del Departamento de Homicidios—. Si tenemos suerte, tendrán cámaras de seguridad en el vestíbulo. Y a ver si logramos averiguar cómo Bengosian pasó la primera parte de la velada.

«Hemos declarado la guerra —rezaba la nota— a los agentes de la avaricia y la corrupción.»

Se me pusieron los pelos de punta. «Va a suceder de nuevo.»

Supe que en las próximas horas tendría que averiguar todo lo posible acerca de Bengosian y la mutua Hopewell. No tenía idea de lo que podría haber hecho para acabar asesinado de este modo.

Recogí la nota arrugada.

Os encontraremos, no importa lo grandes que sean vuestras casas o lo poderosos que sean vuestros abogados. Estamos en vuestros hogares, en vuestros lugares de trabajo... Vuestra guerra no está lejos, sino aquí mismo. Es con nosotros.

¿Quién demonios eres, August Spies?

27

Por la mañana, cuando la mayoría de la gente se disponía a ver las noticias, nosotros ya contábamos con descripciones de una «morena muy mona y bien vestida» (el portero de noche), que «parecía estar totalmente entusiasmada con él» (el camarero de Masa's) y que acompañó a Bengosian a su habitación la noche anterior.

Se trataba de la asesina o de la cómplice que dejó entrar al asesino. Una chica distinta a la *au pair* que buscábamos.

Levanté la vista de los periódicos extendidos sobre mi escritorio y vi a Claire.

—¿Tienes un segundo, Lindsay?

Claire solía mantener una actitud positiva, aun en las causas más sombrías, pero, a juzgar por su expresión, no le gustaba lo que había encontrado.

—Te debo un par de horas de sueño —le dije.

Sus ojos preocupados me contestaron: «No es cierto».

—Llevo diez años en esta profesión —manifestó, se dejó caer en la silla frente a mi escritorio y sacudió la cabeza—. Nunca había visto un cuerpo con unos órganos en semejante estado.

—Te escucho —me incliné hacia ella.

—Ni siquiera sé cómo describírtelo. Parecía jalea. Colapso vascular y pulmonar total. Hemorragia en todo el tracto intestinal. Necrosis masiva biliar y renal... *Degradación*, Lindsay —añadió, al ver mis ojos vidriosos.

Me encogí de hombros.

—¿Estamos hablando de algún veneno, Claire?

—Sí, pero con una toxicidad mucho más potente de lo que he visto en mi vida. Hojeé algunas revistas. En una ocasión hice la autopsia de una niña que presentaba un colapso semejante y un edema; lo relacionamos con una reacción adversa poco común a... imagínatelo, al aceite de ricino, así que pensé en semillas de *Palma cristi.* Pero no es aceite de ricino, ¡es ricina, Lindsay! Algo relativamente fácil de producir en grandes cantidades. Una proteína derivada de la higuera infernal.

—Obviamente es venenosa, ¿no?

—*Sumamente* tóxica. Unas dos mil veces más potente que el cianuro. Fácil de esconder. Con un pinchazo se te pararía el corazón. También puede lanzarse al aire, Lindsay. Pero se me ocurrió que la higuera infernal sola no dejaría a alguien en ese estado, a menos que se suministrara...

—¿A menos que se administrara cómo?

—A menos que se suministrase a grandes dosis, con lo cual se multiplicaría el ciclo destructivo por diez... por cincuenta. Bengosian estaba muerto antes de que se le cayera la copa de champán. El ricino mata en unas horas, incluso en un día. Se sufren fuertes síntomas, como la sensación de que te va a dar una gripe, dolores intestinales, y los pulmones se te llenan de líquido. Este tipo regresó a las once y media y a las tres llamaron para dar el aviso.

—En el suelo hallamos una copa de champán hecha añicos. La mandamos al laboratorio. Pueden buscar restos, ¿no?

—Eso no me preocupa, Lindsay, sino por qué matarlo así, cuando una décima parte de la dosis habría bastado.

Entendí adónde quería llegar. Quienquiera que las hubiese matado había estudiado a sus víctimas. Era asesinatos planeados y ejecutados. Para colmo, el asesino poseía armas que podían sembrar el terror.

«Estamos en vuestros hogares, en vuestros lugares de trabajo...» Nos decían que disponían de aquel tóxico, que podían suministrar ricino en cantidades masivas si lo deseaban.

—Dios mío, Claire, es una advertencia. Nos están declarando la guerra.

28

Ahora echábamos mano de todos. El Grupo de Asistencia Sanitaria Metropolitano, la Oficina de Seguridad Pública, la rama local del FBI. Ya no nos enfrentábamos a unos cuantos asesinatos. Nos enfrentábamos al terrorismo.

El rastro de la *au pair* desaparecida se había enfriado. Jacobi y Cappy regresaron con las manos vacías tras enseñar su foto en los bares de la bahía frecuentados por los universitarios. Con todo, algo sí dio resultado: El artículo que Cindy publicó en el *Chronicle* acerca de X/L. Con un montón de medios de comunicación asediando sus oficinas y la amenaza de una citación, recibí un mensaje de Chuck Zinn en el que decía que quería llegar a un trato. Una hora más tarde se encontraba ya en mi despacho.

—Podrá tener acceso, teniente. De hecho, le ahorraré la molestia. Es cierto que Mort recibió una serie de correos electrónicos en las últimas semanas. Todos los del consejo de administración los recibimos. Ninguno de nosotros nos los tomamos en serio, pero ordenamos a nuestro equipo de seguridad interno que los investigara.

Zinn abrió su elegante portafolios de piel, colocó una carpeta anaranjada en la mesa y la deslizó hacia mí.

—Éstos son los correos, teniente, ordenados según la fecha en que los recibimos.

Abrí la carpeta y sentí que una descarga eléctrica recorría mi cuerpo.

Al comité de directores de X/L Systems:
    El 15 de febrero, Morton Lightower, vuestro presidente, vendió 762.000 acciones de su compañía por un total de 3.175.000 dólares.

Ese mismo día, unos 256.000 de vuestros propios accionistas perdieron dinero, una reducción neta del 87 por ciento con respecto al año anterior.

En el mundo, 35.341 niños murieron de hambre.

En este país, 11.174 personas murieron de enfermedades consideradas «curables» mediante el tratamiento médico adecuado.

Ese mismo miércoles, en el mundo 4.233.768 madres dieron a luz en condiciones de pobreza y desesperación.

En los últimos 24 meses, ustedes han vendido acciones de su compañía por un valor aproximado de unos 600.000.000 dólares y han comprado casas en Aspen y Francia, sin dar nada a cambio al mundo. Exigimos que colaboren contra el hambre y con las organizaciones mundiales de salud en una cantidad equivalente a cualquier nueva venta. Exigimos que el consejo de administración de X/L vaya más allá del estrecho enfoque de sus estrategias expansionistas y que contemple el mundo que lo rodea, un mundo está siendo aplastado por el *apartheid* económico.

Esto no es una petición. Es una exigencia.

Disfrute de su riqueza, señor Lightower. Su pequeña Caitlin cuenta con usted.

El mensaje iba firmado: *August Spies*.

Hojeé los demás correos electrónicos, cada uno más beligerante que el anterior. El menú de las desgracias del mundo resultaba cada vez más doloroso.

Nos ha ignorado, señor Lightower. El consejo de administración no ha cumplido. Tenemos la intención de actuar. Su pequeña Caitlin cuenta con usted.

—¿Cómo es posible que no nos entregaran esto? —pregunté a Zinn con una mirada airada—. Podríamos haberlo evitado.

—Visto en retrospectiva, entiendo que eso parece —contestó

el abogado cabizbajo—. Pero es habitual que las empresas reciban amenazas.

—Ésta no es una mera amenaza. —Arrojé los correos electrónicos sobre el escritorio—. Es una extorsión, una coacción. Es usted abogado, señor Zinn. La referencia a la hija es una amenaza flagrante. Ha venido aquí a hacer un trato, pues esto es lo que le ofrezco: nada de esto saldrá de aquí; el nombre que aparece en los correos quedará entre nosotros. Sin embargo, nuestro propio equipo se encargará de averiguar su origen.

—Comprendo —Zinn asintió con expresión avergonzada y me entregó la carpeta.

Revisé las direcciones de los correos electrónicos.

Footsy123@hotmail.com; Chip@freeworld.com. Los dos firmados por el mismo August Spies. Me volví hacia Jacobi.

—Qué te parece, Warren, ¿podemos localizarlas?

—Ya las hemos investigado nosotros —informó Zinn.

—¿*Ustedes* las han rastreado?

Alcé los ojos, indignada.

—Después de todo, somos una empresa de seguridad de tráfico de correo electrónico. Todos son proveedores gratuitos de Internet. No hace falta una dirección para mandar la factura ni nada para abrir una cuenta. Puede hacerse desde una biblioteca o desde el aeropuerto, donde sea que haya una terminal de acceso abierto. Éste se envió desde una cabina del aeropuerto de Oakland, California; éste, desde un Kinko's, cerca de Berkeley, y estos dos, desde una biblioteca pública. Resulta imposible rastrearlos.

Supuse que Zinn sabía de lo que hablaba y que tenía razón, pero una cosa era evidente. Los Kinko's, la biblioteca, el piso de la auténtica Wendy Raymore.

—Puede que no sepamos quiénes son, pero sí dónde están.

—La República Popular de Berkeley —indicó Jacobi, despectivo—. Vaya, vaya.

29

Hice una escapadita para comer deprisa con Cindy Thomas. Comida china para llevar de Long Life Noodle Company, en Yerba Buena Gardens.

—¿Has leído el *Chronicle* de hoy? —preguntó, mientras un trozo de cerdo se le escurría de los palillos. Nos habíamos sentado en una terraza—. Soltamos la bomba sobre X/L.

—Gracias. No necesito que le hagas un seguimiento.

—Bien, ahora te toca a ti, ¿no?

—Cindy, tengo la sensación de que no será mi caso mucho tiempo, sobre todo si hay una filtración a la prensa.

—Al menos dime si debo creer que ambos asesinatos están relacionados —me miró con firmeza.

—¿Qué te hace pensar que están relacionados?

—Caray —gorgojeó—, dos poderosos empresarios asesinados en la misma ciudad, uno un día y el otro, dos días después. Los dos dirigían compañías que últimamente merecían titulares negativos.

—Pero con *modus operandi* totalmente distintos —me mantuve en mis trece.

—¿Ah? Por un lado tenemos a un avaricioso y derrochador potentado que engulle decenas de millones de dólares mientras sus ventas se van a pique; mientras el otro se ampara en un carísimo grupo de presión para tratar de joder a los pobres. Los dos, muertos. Asesinados violentamente. ¿Cuál era tu pregunta, Linds? ¿Que por qué creo que están relacionados?

—De acuerdo —lancé un suspiro—. Ya conoces nuestro acuerdo. Nada, absolutamente nada se publica sin mi visto bueno.

—Alguien tiene a esta gente en su punto de mira, ¿verdad? —No se refería a los que ya estaban muertos, y yo lo sabía.

Dejé la caja de tallarines.

—Cindy, tienes contacto con gente de toda la bahía ¿no? Y te enteras de cosas.

—¿En Berkeley? Supongo que sí. Si quieres decir que, como «alguien que ha logrado el éxito en la vida real», doy un par de charlas motivadoras en la clase de periodismo 403, pues sí.

—Quiero decir con gente que está debajo del radar. Gente capaz de causar problemas. —Respiró hondo y la miré, preocupada—. Este tipo de problemas.

—Te comprendo. —Hizo una pausa y se encogió de hombros—. Es cierto que están ocurriendo cosas allá. Nos hemos acostumbrado tanto a formar parte del sistema que hemos olvidado lo que significa estar del otro lado. Hay personas que se están... ¿cómo decirlo?... hartando. Hay personas cuyo mensaje no llega a nadie.

—¿Qué clase de mensaje? —insistí.

—Tú no lo oirías. Por Dios, eres policía. Estás a un millón de kilómetros de distancia, Lindsay. No digo que no tengas conciencia social, pero ¿qué haces cuando lees que el veinte por ciento de los estadounidenses no tiene seguro médico o que en Indonesia a niñas de diez años las obligan a coser para Nike por un dólar diario? Das la vuelta a la página, igual que yo. Lindsay, tienes que confiar en mí si quieres que te ayude.

—Voy a darte un nombre. No puede imprimirse. En tu tiempo libre, déjalo caer como si nada. Si das con alguna información no se lo digas a tu redactor jefe ni me vengas con el típico «tengo que proteger mis fuentes». Ven a verme primero a mí. A mí, sólo a mí. ¿Estamos?

—Estamos. Vamos, dame el nombre.

30

—Precioso —susurró Malcolm, mientras observaba, a través de lentes quirúrgicas de aumento, la bomba depositada sobre la mesa de la cocina.

Con manos firmes, retorció los finos cables rojo y verde que iban del paquete del explosivo a la cápsula detonadora, y moldeó la suave masa del C-4 en el marco del portafolios.

—Es una pena tener que hacer explotar esto —exclamó sin dejar de admirar su propia obra.

Michelle había entrado en la estancia y posó una mano trémula en el hombro de Mal. Él sabía que se cagaba de miedo cuando lo veía fabricar bombas, colocar los cables, con las corrientes y las cargas yendo por todas partes.

—Relájate, cariño. Sin carburante no hay arranque. En estos momentos esto es lo más estable del mundo.

Julia se encontraba en el suelo, pendiente del televisor, ya sin la peluca pelirroja de su misión de la velada anterior. Interrumpieron la programación para dar la noticia del asesinato en el Clift.

—Escuchad —dijo, y subió el volumen.

—Aunque la policía aún no vincula la muerte de Bengosian a la bomba colocada el domingo en la casa de un destacado magnate de la bahía, según algunas fuentes existen pruebas que relacionan ambos incidentes. La policía busca una atractiva mujer de unos veinte a veinticinco años que fue vista entrar al hotel con George Bengosian.

Julia bajó el volumen.

—¿Atractiva? —sonrió—. Cariño, nunca lo sabrán. ¿Qué os parece? —se caló la peluca y posó como una modelo.

Michelle fingió reír, pero en el fondo deseaba no haber sido tan estúpida como para dejar el maldito inhalador allí. Ella no era como Julia, que había matado a un hombre la noche anterior mirándolo directamente a los ojos. Y ahora se reía, se regodeaba.

—Mica, cariño —Malcolm se volvió—, necesito que seas valiente y pongas el dedo aquí. —Pegó la cápsula detonadora a la suave masa del C-4 y la moldeó en el teléfono móvil manipulado—. Ésta es la parte más delicada. Sólo necesito que aguantes los cables verde y rojo, nena, para que no se crucen... Eso sí que sería muy grave.

Mal siempre se mofaba de ella. No era más que un chorlito de Wisconsin, decía, risueño. Pero ella había probado su valía. Puso el dedo sobre los cables en un intento por demostrar que era valiente. Ya no era una granjera.

—No hay nada de qué preocuparse. —Mal le guiñó un ojo al ver su desazón—. Todo el melodrama acerca de cruzar los cables es cosa de las pelis. Ahora bien, te garantizo que lo realmente peliagudo sería que uniera estos cablecitos al artefacto que hace sonar el móvil en lugar de conectarlos a la batería. En ese caso, estarán recogiendo partes de nuestros cuerpos hasta en Eau St. Claire —el pueblo de Michelle.

El dedo de la joven temblaba. No sabía si se burlaba de ella o no.

—Hecho. —Malcolm soltó un suspiro por fin y se subió las galas a la frente. Hizo rodar la silla hacia atrás—. Ahora sí que tiene corriente, como dicen, y está lista para rugir. Haría volar la cúpula del mismísimo ayuntamiento. Ahora que lo pienso, no estaría mal.

» ¿Crees que deberíamos darle un paseo de prueba? ¿Qué dices? —Michelle vaciló—. Vamos —añadió Mal con una sonrisa de oreja a oreja—, parece que hayas visto un fantasma.

Le entregó otro móvil.

—El número ya está marcado. Acuérdate de que es un juguete hasta el cuarto timbrazo. Eso sí que no: no querrás oír el cuarto timbrazo. Coge la rueda, cariño... Que gire.

Michelle hizo un gesto negativo y le devolvió el aparato. Mal se limitó a sonreír.

—Vamos, no te preocupes. Sin carburante no hay arranque, ya te lo dije. Está todo preparado.

Michelle inspiró hondo y pulsó el botón de «enviar», sólo para demostrar que era capaz de hacerlo. Un segundo más tarde, el teléfono conectado a la bomba sonó.

—Hay contacto. —Malcolm guiñó un ojo.

A Michelle se le pusieron los pelos de punta. Mal sentía tanta confianza en sí mismo. Lo tenía todo planeado. Pero la cosa podía ir mal. En Oriente Próximo había palestinos que se inmolaban todo el tiempo.

Bip. Los ojos de Michelle se dirigieron al portafolio. Segundo timbrazo. Trató de aparentar calma, pero le temblaba la mano.

—Malcolm, por favor... —Trató de devolverle el aparato—. Ya has visto que funciona. No me gusta esto, por favor...

—Por favor ¿qué?, Mica. —Malcolm le sujetó la muñeca—. ¿No confías en mí?

El teléfono de la bomba sonó de nuevo. Tercer timbrazo...

A Michelle se le heló la sangre.

—Ya basta, Malcolm. —Buscó el botón de desconexión.

El siguiente timbrazo haría contacto.

—Malcolm, por favor, me estás asustando.

En lugar de hacerle caso, Mal le apretó los dedos. De repente, la chica ya no supo qué sucedía.

—Por Dios, Mal, está a punto de...

Bip. Cuarto timbrazo.

El sonido hendió el aire cual un aullido. La mirada de Michelle se clavó en el teléfono. En la bomba.

Ésta empezó a vibrar. «Ay, joder...» Observó los ojos de Malcolm.

Sonó un timbre.

Ni explosión, ni destello. Sólo un agudo clic.

En la cápsula detonadora.

Malcolm sonreía malévolamente. Levantó la cápsula desconectada que sostenía en la mano.

—Te lo dije, nena. Sin carburante no hay arranque. Bien, ¿qué te parece? Creo que funciona muy bien.

El cuerpo de Michelle se relajó. En su interior, gritaba. Deseó darle un puñetazo en la cara, pero se sentía demasiado agotada. El sudor le empapaba la camiseta.

Malcolm cogió la cápsula detonadora e hizo rodar la silla de nuevo hasta el artefacto.

—¿Creíste que iba a hacer estallar esta preciosidad? —Sacudió la cabeza—. Ni lo sueñes, nena. Tiene un trabajo importante. Esta bomba va a alucinar a todo el mundo en San Francisco.

31

Hacia las siete regresé a mi escritorio. Mis equipos se habían dispersado por toda la zona, siguiendo todas las pistas que teníamos. Cindy me había conseguido un libro llamado *El Capitalismo vampiro*. Según ella, me daría una idea del nuevo radicalismo que empezaba a calar entre la gente.

Revisé los nombres de los capítulos: «El fracaso del capitalismo», «El *apartheid* económico», «La economía vampira», «El Armagedón de la avaricia».

Ni siquiera me di cuenta de que Jill se hallaba en el umbral. Llamó a la puerta y me sobresaltó.

—Ojalá John Ashcroft pudiera verte, a ti, el eje de la maquinaria de la aplicación de la ley en la ciudad... *¿El capitalismo vampiro?*

—Lectura obligatoria. —Sonreí, abochornada—. Para el explosivo asesino en serie.

Vestía un elegante traje pantalón rojo y un impermeable Burberry de verano; llevaba un montón de expedientes en su bolso de piel.

—Se me ocurrió que te vendría bien una copa.

—Y así es —contesté, y golpeé el libro contra el escritorio—, pero todavía estoy de servicio. —Le ofrecí una bolsa de semillas de soja.

—¿Qué haces? —resopló—. ¿Te has puesto al mando de la nueva sección del Departamento sobre Autores Subversivos?

—Muy chistosa. Apuesto a que hay algo que no sabías. Bill Gates, Paul Hallen y Warren Buffet ganaron más dinero el año pasado que los treinta países más pobres del mundo, o sea, que un cuarto de la población mundial.

Jill sonrió.

—Me alegra ver que estás desarrollando una conciencia social, vista tu línea de trabajo.

—Algo me inquieta, Jill. El segundo artefacto falso fuera de la casa de Lightower. La nota en el formulario de aplicación de la empresa en la boca de Bengosian. Esta gente ha dejado claro su motivo, pero trata de provocarnos. ¿Para qué jugar con nosotros?

Jill colocó un zapato rojo en el borde de mi mesa.

—No lo sé. Tú eres las que los pillas, cariño. Yo sólo hago que los encarcelen.

Se produjo un silencio, un silencio incómodo.

—¿Te importaría que cambiara de tema?

—Son tus pipas —contestó con un encogimiento de hombros, a la vez que se metía una en la boca.

—No sé si esto te parecerá bobo, pero me preocupé un poco el otro día. El domingo. Después de que corrimos. Esas magulladuras, Jill. Las de tus brazos. Algo me ha hecho pensar.

—¿Pensar en qué?

La miré directamente a los ojos.

—Sé que no te las hiciste con la mampara de la ducha. Sé lo que es, Jill, tener que reconocer que eres humana, como el resto de nosotros. Sé cuánto deseabas ese bebé. Luego tu padre murió. Sé que finges que puedes manejarlo todo. Pero tal vez no seas tan capaz de hacerlo. No hablas de ello con nadie, ni siquiera con nosotras. Así que la respuesta es que no sé a qué se deben esas magulladuras. Dímelo tú.

Sus ojos contenían una obstinación que de repente se tornó frágil, como si estuviese a punto de reventar. No sabía si me había pasado, pero, qué demonios, era mi amiga y lo único que deseaba era que fuera feliz.

—Tal vez tengas razón acerca de algo —dijo por fin—. Quizá las magulladuras no se deben a la mampara de una ducha.

32

Hay crímenes brutales e imperdonables. A veces me ponen enferma, pero sus motivos son obvios. En ocasiones hasta los entiendo. También existen los crímenes y delitos ocultos, los que no deben verse nunca, la clase de crueldad que apenas rasguña la piel y, sin embargo, aplasta algo en el interior, aquella vocecita que, en todos nosotros, es humana.

Éstos son los que hacen que me pregunte por qué hago lo que hago para ganarme la vida.

Jill me contó lo que ocurría entre ella y Steve, le sequé las lágrimas y lloré con ella como una hermanita. Y mientras conducía hacia casa me sentí aturdida. Una nube ensombrecía su rostro, pálido por una vergüenza que nunca olvidaré. «Jill, mi Jill.»

Mi primera reacción, instintiva, consistió en ir a su casa esa misma noche y presentar cargos contra Steve. El capullo zalamero de aires tan morales llevaba mucho tiempo tiranizándola, maltratándola.

Sólo me sentía capaz de pensar en Jill, en su expresión, la de una chiquilla, en lugar de la cara de la ayudante principal del fiscal, primera de su promoción en la universidad de Stanford, que aparentaba vivir la vida como si fuera coser y cantar.

Pasé la noche dando vueltas. A la mañana siguiente tuve que recurrir a toda mi fuerza de voluntad para centrarme en el caso. Las pruebas del laboratorio, que me esperaban en mi mesa, confirmaban las deducciones de Claire. Efectivamente, era ricina lo que George Bengosian había ingerido.

Nunca antes había visto el palacio de Justicia tan tenso, bullicioso, repleto de agentes del FBI en traje oscuro y directores de medios de comunicación. Sentí que deseaba pasar desapercibida para poder llamar a Cindy y a Claire.

—Necesito veros, chicas. Es importante. Nos vemos en Susie's al mediodía.

Cuando llegué al tranquilo café, calle Bryant abajo, Cindy y Claire ya se habían sentado, muy juntas, en el reservado de un rincón. Las dos parecían ansiosas.

— ¿Dónde está Jill? —preguntó Cindy—. Supusimos que vendría contigo.

—No se lo pedí. —Me acomodé delante de ellas—. Quiero hablaros de ella.

—De acuerdo... —asintió Claire, confundida.

Les conté al detalle mi primera sospecha acerca de las magulladuras que vi en su brazo cuando Jill y yo corríamos: que no me gustaba su aspecto y que tal vez, como consecuencia de haber perdido el bebé, se las había hecho ella misma.

—Eso es agua pasada —interrumpió Cindy—, ¿no?

—¿Se lo preguntaste? —inquirió Claire con una expresión mortalmente seria.

Asentí con la mirada clavada en la suya.

—¿Y...?

—Dijo: «¿Y si no me las hice yo misma?»

Observé cómo Claire me estudiaba, tratando de interpretar mi semblante. Cindy parpadeó: empezaba a entenderlo.

—Ay, Dios —masculló Claire—. ¿No querrás decir que Steve...?

Asentí. Tragué saliva.

Un profundo silencio, casi doloroso, cayó sobre la mesa. La camarera acudió. Apabulladas, hicimos nuestros pedidos. Cuando la camarera se fue las miré directamente a los ojos.

—Menudo hijo de puta —Cindy sacudió la cabeza—. Me gustaría cortarle los huevos.

—Únete al club —añadía—, anoche no pude pensar en nada más.

—¿Desde cuándo? —preguntó Claire—. ¿Cuánto hace que está ocurriendo?

—No lo sé con certeza. Ella insiste en que fue el bebé, cuando lo perdió. El señor sensibilidad la culpó. «No pudiste hacerlo, ¿verdad? La gran triunfadora. Ni siquiera pudiste hacer lo que toda mujer puede hacer. Tener un hijo», le dijo.

—Tenemos que ayudarla —manifestó Cindy.

Suspiré.

—¿A alguien se le ocurre cómo?

—Sacarla de allí, demonios —indicó Claire—. Puede quedarse con cualquiera de nosotras. Pero ¿quiere una salida?

Yo no lo sabía.

—No estoy segura de que haya llegado a ese punto. Creo que en este momento trata de enfrentarse a la vergüenza. Como si estuviese defraudando a la gente. A nosotras. Puede que a él. Por extraño que parezca, creo que hay algo en ella que desea probar que puede ser la esposa y madre que él quiere que sea.

Claire asintió.

—Así que hablamos con ella, ¿no? ¿Cuándo?

—Esta noche —contesté.

Miré a Claire.

—Esta noche —convino.

Nos trajeron la comida y la picoteamos sin mucho apetito. Nadie me preguntó nada sobre el caso. De repente, Claire sacudió la cabeza.

—Como si no tuvieras suficientes problemas.

—Por cierto... —Cindy levantó su bolso—. Tengo algo para ti.

Sacó una libreta de espirales y arrancó una página.

Roger Lemouz. Dwinelle Hall. 555-0124.

—Este tío trabaja en Berkeley, en la facultad de Filología. Es un experto en globalización. Prepárate: su punto de vista sobre la vida no coincide precisamente con el tuyo.

—Gracias. ¿Dónde conseguiste esto? —Doblé el papel y lo guardé en mi bolso.

—Ya te lo dije: a un millón de kilómetros de distancia.

33

Me esforcé por relegar la situación de Jill. Llamé a Roger Lemouz y conseguí encontrarlo en su despacho. Hablamos brevemente y aceptó reunirse conmigo.

Salir del palacio de Justicia fue como recibir un soplo de aire fresco. Últimamente rara vez iba a esta parte de la bahía. Aparqué el Explorer cerca del estadio, en una calle perpendicular a Telegraph Avenue y pasé frente a los camellos callejeros que traficaban con marihuana y pegatinas. El sol caía a plomo sobre Sproul Plaza; por doquier había estudiantes con sandalias y la mochila a cuestas, sentados, leyendo en los escalones.

El despacho de Lemouz estaba situado en Dwinelle Hall, una estructura de hormigón con aspecto oficial que daba al patio central del campus.

Llamé a la puerta.

—Por favor, está abierto —contestó una voz con fuerte acento mediterráneo, con un deje bastante formal, académico, ¿británico, tal vez?

El profesor Lemouz se apoyó en el respaldo de una silla, detrás de la caótica mesa del pequeño despacho atestado de libros y trabajos. Moreno, de hombros anchos, cabello negro rizado que le caía sobre la frente y una sombra de barba en el rostro.

—Ah, inspectora de policía Boxer —dijo—. Siéntese, por favor, póngase cómoda. Lamento que el entorno no sea más lujoso.

La estancia olía a moho, libros y humo. Sobre la mesa vi un cenicero y un paquete de Rothmans sin filtro.

Me dejé caer lentamente sobre una silla frente a él y saqué mi libreta. Le tendí una tarjeta de visita.

—Homicidios —leyó y frunció los labios, aparentemente impresionado—. Sospecho, pues, que no está aquí por alguna vaga cuestión etimológica.

—No, pero quizás sí por alguna otra cuestión que le interese. Está al corriente, por supuesto, de los acontecimientos que han tenido lugar al otro lado de la bahía, ¿no?

Suspiró.

—Sí, hasta un hombre que casi siempre tiene la nariz metida en los libros la saca de vez en cuando. Trágico. Totalmente contraproducente. Como dijo Fanon: «La violencia es su propio juez y jurado». Aun así, no es del todo sorprendente.

Su falsa simpatía me atrajo tanto como la fresa de un dentista.

—¿Le importaría explicarme qué quiere decir con eso, señor Lemouz?

—Claro que no, *madame* inspectora, a condición de que tenga usted la amabilidad de explicarme a qué ha venido.

—Soy *teniente* —lo corregí—. Encabezo la sección de homicidios. La persona que me dio su nombre considera posible que tenga usted un conocimiento personal de lo que ocurre aquí. Del tema ideológico. De gente para la que hacer volar por los aires a tres personas dormidas y casi matar a dos niños inocentes, tanto como hacer que estalle el sistema vascular de alguien, constituye una forma válida de protestar.

—Por «aquí» supongo que se refiere a los pacíficos lares académicos de Berkeley.

—Por «aquí» me refiero a cualquier lugar donde alguien pretenda hacer cosas tan horribles, señor Lemouz.

—*Profesor* —replicó—. De la cátedra Lance Hart de Lenguas Romances —detecté un destello de sonrisa—, si es que vamos a impresionarnos mutuamente con nuestras credenciales.

—Ha dicho que no le sorprendían estos asesinatos.

—¿Por qué habrían de sorprenderme? —Lemouz se encogió de hombros—. ¿Acaso al paciente ha de sorprenderlo que esté enfermo si su cuerpo está lleno de lesiones? Nuestra sociedad está infectada, teniente, y los que contagian la enfermedad miran a su alrededor y se preguntan: «¿Quién? ¿Yo?».

»¿Sabía usted —levantó la mirada—, que los beneficios de las poderosas compañías multinacionales superan ya el PIB del noventa por ciento de los países de la Tierra? Han suplantado a los gobiernos en tanto que sistemas de responsabilidad social.

»¿Por qué será —soltó una risa cínica— que nos apresuramos tanto en rezongar contra la indignidad moral del *apartheid* cuando amenaza la sensibilidad racial, pero nos quedamos dormidos cuando se trata de reconocer el *apartheid* económico? Es porque no lo vemos a través de los ojos de los subyugados. Lo vemos a través de la cultura de lo poderoso. De la empresa. En la televisión.

—Discúlpeme —lo interrumpí—, pero he venido a hablar de cuatro asesinatos horripilantes. Hay gente muriéndose.

—Es cierto, teniente. A eso, precisamente, me refiero.

A una parte de mi ser le habría encantado cogerlo de las solapas y zarandearlo. En lugar de ello, saqué una foto de la *au pair* en el carné de Wendy Raymore y un retrato robot de la mujer grabada al entrar en el hotel Clift con George Bengosian.

—¿Conoce usted a estas mujeres, profesor?

Lemouz se echó a reír.

—¿Y por qué iba a querer ayudarla? El Estado es el arquitecto de esta injusticia, no estas dos mujeres. Dígame, por favor, ¿quién ha cometido la mayor injusticia? ¿Las dos sospechosas —me arrojó la primera plana del *Chronicle*— o estos admirables modelos de nuestro sistema?

Me encontré contemplando las fotos de Lightower y Bengosian.

—Si esta gente dice que empieza una guerra, yo digo que hay que dejar que se desarrolle. —Se echó a reír de nuevo—. ¿Cuál es la nueva frase hecha, teniente? —Sonrió—. ¿La que los estadounidenses han abrazado con todo su imperativo moral? *Deja que gire.*

Recogí las fotos, cerré mi libreta y volví a guardarla en el bolso. Me levanté. Me sentía cansada, sucia. Antes de que se me ocurriera hacerlo volar a él por los aires, dejé colgado al profesor de Lenguas Romances de la cátedra Lance Hart.

34

Camino de vuelta al palacio de Justicia me sentí enfurecida por las diatribas moralistas de Lemouz y frustrada por no haber conseguido nada con respecto a los asesinatos. Todavía estaba furiosa cuando llegué a mi despacho pasadas las seis. Llamé a Cindy por teléfono y quedamos en vernos en Susie's. Tal vez conseguiríamos algo delante de unos pastelillos de bogavante. Necesitaba a las chicas para esto.

Warren Jacobi entró en mi despacho cuando colgaba el auricular.

—Yank Sing —dijo.

—¿Yank Sing?

—Es mejor que los pastelillos. Dim sum, las pequeñas raciones de comida china. Las mujeres son más abiertas con esta comida. Deberías saberlo, teniente. Mientras estás allí, te cuentan que el pollo con sal y jengibre provocó la caída de la dinastía Qin. Por cierto, ¿dónde has estado?

Se sentó. Tenía algo para mí, lo supe por su sonrisa astuta.

—Fuera, perdiendo el tiempo en la República Popular. ¿Tienes algo, aparte de la crítica gastronómica?

—Hemos tenido éxito con los avisos de busca y captura de Wendy Raymore —indicó sonriente.

Eso me entusiasmó.

—Llamaron desde un supermercado Safeway del otro lado de la bahía. Un cajero del turno de noche cree haber reconocido su rostro. Nos mandan un vídeo. Dijo que ahora lleva el cabello rojo y gafas de sol, pero que se las quitó un segundo para contar el dinero y él jura que es ella.

—¿*Dónde* al otro lado, Warren?

—En Harmon Avenue, en Oakland. —Dibujé un pequeño plano mental y los dos llegamos simultáneamente a la misma conclusión—. Cerca del McDonald's donde encontraron a la pequeña Caitlin.

Desde el punto de vista geográfico, las piezas empezaban a encajar.

—Envía esa foto a todas las tiendas del barrio.

—Eso está hecho, teniente. —En los ojos de Jacobi apareció el brillo que solía aparecer cuando se guardaba alguna sorpresa.

—Hemos tenido muchas denuncias —manifesté, y ladeé la cabeza—. ¿Qué te hace pensar que ésta es auténtica?

Me guiñó un ojo.

—Compró un inhalador para el asma.

35

Cuando Jill llegó, Cindy, Claire y yo ya casi habíamos acabado nuestras cervezas Corona y un plato de alas. Colgó su chaqueta y se dirigió, inquieta, hacia el reservado; se le notaba el nerviosismo en su tensa sonrisa.

—Bien —exclamó, dejó caer su portafolios y se sentó junto a Claire—. ¿Cuál de vosotras quiere ser la primera en entrometerse?

—No es una disección —informé—. Aquí hay alas... y aquí, ten... —le serví lo que quedaba de mi cerveza.

Todas alzamos nuestras jarras, aunque Jill vaciló al hacerlo. Se produjo un momento de silencio durante el que todas tratamos de pensar en lo que debíamos decir. ¿Cuántas veces nos habíamos reunido? Al principio, cuatro mujeres con un trabajo difícil que se veían para compartir recursos y resolver un crimen.

—Por las amigas —brindó Claire—. Una para todas y todas para una. Y eso significa en cualquier circunstancia, Jill.

—Más vale que me beba esto —los ojos de Jill se humedecieron—, antes de se me llene de mocos.

De un trago apuró una tercera parte de la jarra. Inspiró hondo.

—Vale, ¿para qué andarse con rodeos? Lo sabéis todas, ¿no?

Todas asentimos.

—Teléfono, telégrafo, tele-Boxer —Jill me guiñó un ojo.

—Si algo te duele, nos duele a todas —observó Claire—. Sentirías lo mismo si los papeles se invirtieran.

—Lo sé —Jill asintió—. Así que a continuación me diréis que no encajo del todo en el perfil de la típica esposa maltratada.

—Yo creo que a continuación —me humedecí los labios— tendrías que contarnos lo que sientes.

—Sí —respiró hondo—. Para empezar, no soy una mujer maltratada. Nos peleamos. Steve es un bruto. No me ha dado un solo puñetazo. Ni una bofetada.

Cindy estaba a punto de protestar, pero Claire la silenció.

—Sé que eso no lo disculpa ni lo justifica. Sólo quería que lo supierais. —Se mordió el labio inferior—. Supongo que no sé cómo describir lo que siento. He llevado suficientes causas como ésta para conocer toda la gama de emociones que se experimentan. Ante todo, estoy avergonzada. Me avergüenza reconocer que ésta soy yo.

—¿Desde cuándo está ocurriendo? —preguntó Claire.

Jill se apoyó en el respaldo y sonrió.

—¿Quieres la verdad o lo que me he estado diciendo estos últimos meses? La verdad es que empezó antes de que nos casáramos.

Apreté las mandíbulas.

—Siempre era por algo. La ropa que me ponía, algo que compraba para la casa que no encajaba con su estilo. Es un gran experto en decirme que soy una estúpida.

—¿Estúpida? —resopló Claire—. Le das mil vueltas intelectualmente.

—Steve no es tonto. Ocurre que no es capaz de ver sus posibilidades. Al principio se limitaba a apretarme, aquí, por ejemplo, en los hombros. Fingí que lo hacía inadvertidamente. En un par de ocasiones arrojó cosas cuando le daba un ataque de rabia. Mi bolso. Me acuerdo que una vez —se echó a reír— fue un trozo de queso Asiago.

—¿Por qué? —Claire sacudió la cabeza, sin dar crédito a lo que oía—. ¿Por qué lo hizo?

—Porque me retrasé en el pago de una factura. Porque me compré un par de zapatos cuando apenas empezábamos y no teníamos mucho dinero. —Se encogió de hombros—. Porque podía hacerlo.

—¿Ha estado ocurriendo desde que te conocemos? —estallé, pasmada.

Jill tragó saliva.

—Supongo que os he mantenido al margen, ¿verdad, chicas?

—La camarera nos había traído los pastelillos y de fondo se oía una canción de Shania Twain—. Esto parece un soborno. —Untó un pastelillo en guacamole y se rió—. Es un nuevo método de interrogar: Sí, sé dónde se esconde Osama bin Laden, pero, por favor, denme otro de esos pastelillos con queso...

Nos unimos a sus risas. Siempre sabía cómo hacernos reír.

—Nunca es por algo importante —añadió—, sino por cosas triviales. Para lo que de verdad es importante creo que somos socios. Hemos pasado por mucho juntos... Pero las cosas sin importancia... que acepte cenar con alguien que le cae mal. Que olvide decirle a la asistenta que lleve sus camisas a la tintorería. Me hace sentir como una chiquilla estúpida, ordinaria.

—Eres todo menos ordinaria —objetó Claire.

Jill se secó los ojos y sonrió.

—Mis animadoras... Podría matarlo a tiros y vosotras me halagaríais por mi buen tino.

—Ya hemos hablado de esa opción —informó Cindy.

—¿Sabes?, se me ha ocurrido de verdad. —Jill sacudió la cabeza—. Me he preguntado quién me juzgaría. Vaya, creo que me he puesto un poco melodramática.

—¿Qué le aconsejarías a una mujer que viniera a verte con el mismo aprieto? —le pregunté—. Como fiscal, no como esposa. ¿Qué le dirías?

—Le aconsejaría que lo demandara tan pronto como el papel se le quedara pegado al culo cuando fuera a cagar —anunció, risueña.

Una a una la fuimos imitando.

—Dices que necesitas un poco más de tiempo —le dije—. No hemos venido a obligarte a cambiar de vida hoy mismo. Pero te conozco. Te quedas con él porque crees que es tu obligación hacer que la cosa funcione. Quiero que me prometas algo, Jill. Ni siquiera tiene que cerrar el puño. Un solo incidente más y yo misma iré a hacer tus maletas. Mi casa, la de Claire, la de Cindy... bueno, la de Cindy, no: es un chiquero. Pero tienes dónde escoger, cariño. Quiero que me prometas que la próxima vez que se le ocurra aunque sólo sea amenazarte, te largarás.

Un velo de sudor le cubría el rostro, y sus penetrantes ojos azules brillaban. Algo me hizo pensar que nunca la había visto tan bonita. El flequillo se le rizaba justo encima de las cejas.

—Te lo prometo —aceptó por fin, y se sonrojó detrás de una sonrisa.

—Va en serio —insistió Cindy.

Jill alzó la palma de la mano.

—El juramento de las niñas exploradoras de Highland Park, jurad por vuestra hermana y nunca la traicionéis; de lo contrario, la cara se os llenará de granos.

—Me parece suficiente —señaló Claire.

Jill nos cogió las manos por encima de la mesa.

—Os quiero, chicas.

—Y nosotras a ti, Jill.

—Ahora, maldita sea, ¿qué tal si hacemos nuestro pedido? Me siento como si acabara de pasar otra vez por las oposiciones. Estoy muerta de hambre.

36

Tal vez fue porque no pegué ojo y di vueltas toda la noche pensando en el hijo de puta —siempre el primero en largarse cuando a uno de sus colegas le entraba el antojo de jugar al golf, el primero en fingir en público que era un cariñoso y amantísimo esposo— que maltrataba a una de las mujeres más listas de la ciudad, a alguien a quien yo quería.

Sea como sea, el caso es que Steve me rondó por la cabeza durante casi toda la mañana siguiente, hasta que no aguanté más tiempo sentada, pendiente del teléfono y fingiendo que me centraba en el caso.

Agarré mi bolso.

—Si Tracchio me busca decidle que vuelvo dentro de una hora.

Al cabo de diez minutos aparqué frente al número 160 de Beale, uno de los rascacielos de cristal que daban a la parte baja de Market, llenos de contables y socios de bufetes de abogados, donde se hallaba el despacho de Steve.

Subí a la planta treinta y dos, furiosa, casi hiperventilando. Empujé las puertas y entre en Northstar Partnerships; una bonita recepcionista me sonrió desde detrás de una mesa.

—Steve Bernhardt —dije, y planté mi placa frente a su cara.

No aguardé a que lo llamara. Me dirigí directamente al despacho del rincón que en una ocasión visité con Jill. Steve, que tenía el auricular del teléfono pegado a la oreja, se balanceaba en su silla; vestía una camisa color verde lima de Lacoste y pantalones color caqui. Sin molestarse en cambiar de tono, me guiñó un ojo y me señaló una silla. «Me he quedado con tu guiño, tío.»

Esperé lo que dura una conversación de trabajo, mientras mi furia aumentaba a medida que oía esa peculiar jerga del mundo de los negocios: «Parece que quieres poner las cosas calientes, colega».

Finalmente, colgó e hizo girar su asiento.

—Lindsay —me examinó como si no estuviese seguro de lo que sucedía.

—Olvídate de la mierda, Steve, ya sabes a qué he venido.

—No, no lo sé. —Sacudió la cabeza y su expresión cambió ligeramente—. ¿Le pasa algo a Jill?

—¿Sabes? Estoy haciendo un enorme esfuerzo para no lanzarme por encima del escritorio e incrustarte el teléfono hasta la garganta. Jill nos lo ha contado, Steve. *Lo sabemos.*

Se encogió de hombros con aire inocente; cruzó un par de zapatos Bass Weejuns frente a mi cara.

—¿Qué sabéis?

—Vi las magulladuras. Jill nos ha explicado lo que ha estado sucediendo.

—Oh... —Se balanceó y arqueó las cejas—. Es cierto que Jill me dijo que iba a salir con su pandilla anoche. —Echó una ojeada a su reloj—. Oye, me encantaría quedarme aquí sentado y hablarte en detalle de nuestra mierda personal, pero tengo una reunión a las doce y media...

Incliné la cabeza por encima del escritorio.

—Escúchame. Escúchame bien. He venido a decirte que ya no habrá más malos tratos. A partir de hoy, si vuelves a ponerle una mano encima... si se rompe una uña y no quiere decirnos cómo ocurrió... si entra en mi despacho con una arruga de disgusto en su cara, pondré tu nombre en una denuncia por maltrato. ¿Entendido?

Su expresión no cambió. Dio vueltas a las puntas de su corto cabello rizado y soltó una risita.

—Caramba, Lindsay, siempre supe que eras una rompepelotas, pero no sabía hasta qué punto... Jill no tiene derecho a meteros en esto. Sé que vosotras, las mujeres con una profesión a tiempo completo, con perro y todo, no le dais mucha importancia, pero somos un matrimonio. Pase lo que pase, es cosa nuestra.

—Ya no. —Lo miré con odio—. La agresión es un delito grave, Steve, y yo detengo a los de tu calaña.

—Jill nunca testificaría contra mí. —Frunció el entrecejo—. Vaya, mira qué hora es... si no te molesta, Lindsay, me esperan para la reunión.

Me puse en pie. No imaginaba que fuera capaz de actuar de esta forma. Estábamos hablando de Jill.

—Quiero que te quede muy claro —insistí—. Como le hagas otro moretón a Jill, lo último de lo que tendrás que preocuparte es de si Jill testifica o no. Si sales a correr o estás sólo por la noche en el garaje y oyes un ruido extraño... más te vale que saltes, Steve.

Me dirigí hacia la puerta, sin despegar la mirada de la suya. Steve permaneció sentado, balanceándose, entre estupefacto e indignado.

—Eso sí que es poner las cosas calientes, ¿verdad, Steve?

37

Cindy Thomas no se sentía demasiado a gusto sentada ante su mesa del *Chronicle*. Le dio la vuelta a la tapa de su zumo orgánico de albaricoque Fruitopia y tomó un traguito. A continuación desdobló el periódico y hojeó la primera plana. Uno de sus artículos aparecía en la columna derecha, con grandes titulares: SEGUNDO ASESINATO DE UN DIRECTIVO OBLIGA A LA POLICÍA A REVISAR EL PRIMERO.

Encendió el ordenador a fin de examinar su correo electrónico. Surgió el salvapantallas en el que figuraba el cachas que lucía una corta y ceñida camiseta y cinturón de obrero de la construcción. Cindy pulsó el botón del Explorer de Internet y aparecieron sus correos electrónicos.

«Doce nuevos.»

Vio uno de Aaron, con el que había roto hacía cuatro meses. «Pumpkinseed Smith dará un recital en la iglesia, ocho de la tarde, 22 de mayo. ¿Puedes venir?» ¡Pumpkinseed Smith era uno de los mejores trompas! «Puedes apostar a que sí —tecleó Cindy—. Aunque tenga que escuchar uno de tus sermones.»

Ojeó el resto a toda prisa. Una respuesta de un investigador que consultaba los antecedentes de Lightower y Bengosian. Ese cabrón se había enfrentado a cuarenta y seis pleitos de accionistas que habían visto cómo sus acciones perdían valor. ¡Menudo ladrón!

Estaba a punto de borrar un mensaje de una dirección desconocida —SLAM@hotmail.com— cuando le llamó la atención el titular: LO QUE VIENE A CONTINUACIÓN.

Hizo clic en el mensaje y se preparó para mandarlo a la tumba etérea donde iba a parar todo el *spam*. Tomó otro trago de zumo.

No preguntes cómo conseguimos tu nombre ni por qué nos hemos puesto en contacto contigo. Si quieres servir de algo, harás lo correcto ahora.

Cindy acercó la silla a la pantalla.

Los «trágicos» incidentes de la última semana no son sino la punta del iceberg de lo que está a punto de ocurrir.

Los ministros de finanzas del mundo se reunirán la semana que viene para recortar lo que queda de los restos de la economía mundial «libre» tras Breton Woods, aquellos que aún no han consumido ya salvajemente.

El corazón de Cindy le golpeaba el pecho mientras leía.

Estamos preparados para matar a un destacado cerdo chupa sangre cada tres días a menos que recuperen el juicio y denuncien el virus global en que se ha convertido el sistema de libre empresa, que inculca en las naciones más desfavorecidas la gran mentira de que el libre comercio las hará libres, que ha sometido a nuestras hermanas a la esclavitud de las multinacionales explotadoras, que ha robado los ahorros del trabajador estadounidense en una bolsa de valores que no es más que un ardid corrupto para los privilegiados con determinados conocimientos.

Ya no somos sólo voces aisladas.

Somos un ejército, tan letal y con tanto alcance como las superpotencias vampiras.

Cindy parpadeó, incrédula, casi incapaz de moverse. ¿Sería uno de esos infundios que circulan por Internet? ¿Una broma de alguien?

Pulsó la tecla de imprimir, despejó su mesa y sostuvo el teléfono entre la mejilla y el hombro según seguía leyendo.

La razón por la cual te hemos escogido es que los cauces normales de los medios de comunicación son tan corruptos y están tan sujetos a sus propios intereses como las multinacionales globales a los que pertenecen. ¿Formas parte de esa corrupción? Pronto lo sabremos.

Pedimos a los personajes importantes que se reunirán la semana que viene en San Francisco, al G-8, que haga algo histórico. Que quiten las cadenas. Que perdonen la deuda. Que defiendan la libertad en lugar de los beneficios. Que reviertan la maquinaria de la colonización. Que abran las economías del mundo.

Hasta que no oigamos esa voz, oiréis la nuestra.

Cada tres días, otro cerdo morirá.

Usted sabrá qué hacer con esto, señorita Thomas. No pierda el tiempo tratando de rastrearnos. A menos que no quiera que nos pongamos en contacto con usted de nuevo.

Cindy sentía la boca tan seca como el polvo. SLAM@hotmail.com. ¿Sería real? ¿Pretendía alguien tomarle el pelo?

Siguió bajando hasta el final de la página y durante unos segundos se sintió incapaz de moverse.

El correo lo firmaba *August Spies*.

38

En mi escritorio me encontré un mensaje del jefe Tracchio y otro de Jill.

—Y también te espera el *Chronicle* —me informó mi secretaria, Brenda.

—¿El *Chronicle*?

Alcé la mirada y vi a Cindy, sentada con las rodillas juntas sobre una pila de carpetas fuera de mi despacho. Se puso en pie mientras me acercaba a ella, pero yo no tenía tiempo que perder.

—Cindy, no puedo reunirme contigo ahora, lo siento. Han programado una reunión de información...

—No —me interrumpió y me detuvo con una mano—. Tengo que enseñarte algo, Lindsay. Es prioritario.

—¿Va todo bien?

Negó con la cabeza.

—No lo creo.

Cerramos la puerta de mi despacho y Cindy extrajo una hoja de papel de su mochila. Parecía un correo electrónico.

—Siéntate —me pidió. Colocó la hoja frente a mí y se sentó a mi lado—. Léela.

Una mirada a sus ojos y supe que no sería nada bueno.

—Me llegó esta mañana —explicó—. Estoy en la lista de la página Web del *Chronicle*. No sé de quién es o por qué me lo mandaron a mí, pero estoy bastante alucinada.

Empecé a leer. «No preguntes cómo conseguimos tu nombre ni por qué nos hemos puesto en contacto contigo...» Cuanto más leía, peor se me antojaba. «Estamos dispuestos a matar a un destacado cerdo chupa sangre cada tres días...» —Levanté los ojos.

—Sigue leyendo.

Leí el resto de la página, tratando de decidir si era auténtica. Llegué hasta abajo y supe que lo era.

August Spies.

La presión aumentaba en mi pecho. De repente, supe con claridad adónde querían ir a parar. Querían mantener a la ciudad como rehén. Era una declaración de terror. El G-8. Su diana. Programada para el día diez, dentro de nueve días. Los ministros de finanzas de los principales estados industriales del mundo se encontrarían en San Francisco.

—¿Quién ha visto esto? —pregunté.

—Tú y yo. Y ellos.

—Quieren que publiques sus exigencias. Quieren usar el *Chronicle* como tribuna. —Pensé en todos los posibles escenarios—. Esto va a hacer que Tracchio se cague.

La cuenta atrás ya había comenzado. «Cada tres días.» Estábamos a jueves. Sabía que debía entregar el correo electrónico y también que, hecho esto, el caso ya no sería mío. Pero antes tenía que hacer algo.

—Podemos tratar de rastrear esta dirección —sugirió Cindy—. Conozco a un pirata...

—No nos llevará a ninguna parte. *Piensa* —insistí—. ¿Por qué se pusieron en contacto contigo? Hay un montón de reporteros en el *Chronicle.* Tiene que haber una buena razón.

—Tal vez porque mi nombre figura como autora del artículo. Quizá porque tengo raíces en Berkeley. Pero eso fue hace diez años, Lindsay.

—¿Podría ser alguien de esa época? ¿Alguien a quien conocías? ¿El capullo de Lemouz?

Nos miramos.

—¿Qué quieres que haga? —preguntó.

—No lo sé...

Habían establecido un contacto. Yo conocía a los asesinos lo bastante bien para saber que cuando desean dialogar, cuando hay algo que puedas hacer para retrasar el siguiente acto horripilante, tienes que dialogar.

—Creo que quiero que contestes —respondí.

39

Todo señalaba hacia el otro lado de la bahía. Las fuentes de los correos electrónicos. El lugar donde encontraron a la hija pequeña de los Lightower. Lemouz. El carné que robaron a Wendy Raymore. El reloj no se detenía. Una nueva víctima cada tres días.

Estaba harta de esperar que las cosas ocurrieran. Un enjambre de agentes del FBI ocupaba el palacio de Justicia en busca de pistas, examinaron minuciosamente y analizaron el mensaje de Cindy. Había llegado el momento de hacerles llegar información a ellos, a los responsables de los espeluznantes asesinatos.

Jacobi y yo fuimos a ver a Joe Santos y Phil Martelli, dos polis de Berkeley que encabezaban la unidad de información en la calle. Santos formaba parte del cuerpo desde la década de 1960, en las brigadas de robos, homicidios... Era uno de aquellos veteranos que lo habían visto todo. Martelli, más joven, había pertenecido a la de narcóticos.

—De hecho, todas las pandillas de mierdicas forman parte de la República Libre —explicó Santos con un encogimiento de hombros. Se metió una pastilla de menta en la boca—. El BLA, el IRA, los árabes, los defensores de la libertad de expresión, del libre comercio. Todos los resentidos... y resentimiento es lo que hay allá.

—Según los rumores —añadió Martelli—, chusma de Seattle irá a San Francisco para crear alborotos durante la reunión del G-8, todos genios de la economía, aquellos que se rompen el pecho por el mundo.

Saqué la carpeta del caso, las horripilantes fotos de la casa de Lightower y las de Bengosian.

—No buscamos a unos cuantos tíos que enarbolan banderas y carteles, Phil.

Martelli sonrió a Santos. Lo pilló.

—El otro día pusimos a un equipo de agentes vestidos de paisano a vigilar a un hijo de puta que ha estado incordiando a la Pacific Gas and Electric, los que nos despluman con la factura eléctrica. Desde el caso de Enron, no había un alma en California que no sintiera que lo estaban desplumando, y probablemente todos tenían razón.

—Todo el mundo está resentido con esos cabrones —manifestó Jacobi—, y yo también.

—Esta persona hace algo más que echarle la bronca al representante del servicio al cliente. Se ha apostado con un cartel frente a las oficinas principales, reparte octavillas y anima a la gente a que no pague su factura. La Iniciativa del Poder del Pueblo Libre, lo llamó. Nos dio la impresión —señaló Santos entre risas— de que se trataba de un individuo muy, pero que muy cabreado.

Martelli continuó.

—El pirado cabrón anda siempre con una gran bolsa de lona a cuestas. Supusimos que estaba llena de sus octavillas. Un día, un agente de paisano lo detuvo e hizo que abriera la bolsa. El tío tenía un maldito lanzacohetes M49. Luego practicamos una redada en su casa. Había granadas, C-4, detonadores. La Iniciativa del Poder del Pueblo Libre. Planeaban hacer estallar la jodida compañía eléctrica sólo por las facturas.

—Bien, Joe —cambié de tema—, has mencionado a unos radicales que van a venir a perturbar el desarrollo la reunión del G-8. Es un buen punto de partida.

—Podemos hacer algo mejor... —Santos se metió otra pastilla de menta en la boca—. Uno de nuestros agentes de paisano nos ha dicho que tienen pensado llevar a cabo una protesta hoy, delante de una oficina del Banco de América, en Shattuck. Dice que algunos de los jefazos andarán por allí. ¿Por qué no venís a verlo con vuestros propios ojos? Bienvenidos a nuestra pesadilla.

40

Veinte minutos más tarde aparcamos a unas dos manzanas del Banco de América en el coche camuflado de Santos y Morelli. Unos cien manifestantes se arremolinaban en la entrada de la sucursal, la mayoría de ellos con burdas pancartas, una de las cuales rezaba: «El flujo libre de dinero es una señal de un pueblo libre». Otra: «Contagiemos el SIDA a la OMC».

Un organizador que lucía camiseta y tejanos rotos se había apostado en el techo de una camioneta SUV y gritaba a través de un micrófono.

—El Banco de América esclaviza a niñas impúberes, las oprime. El Banco de América chupa la sangre del pueblo.

—¿Por qué demonios protestan? —preguntó Jacobi—. ¿Por las hipotecas?

—Quien sabe —respondió Santos—. Por el trabajo infantil en Guatemala, la OMC, las grandes empresas, la jodida capa de ozono. La mitad probablemente sean perdedores que encuentran en las colas del paro y compran por un paquete de pitillos. Son los líderes los que me interesan.

Sacó una cámara y se puso a fotografiar a las personas que participaban. Un círculo de unos diez policías separaba a los manifestantes del banco, con sus porras colgadas de la mano.

Las cosas que me había contado Cindy empezaron a resonar en mi cabeza. Cómo, en la comodidad de nuestra propia existencia, podíamos pasar por alto los artículos sobre personas sin seguro médico o sobre los países subdesarrollados asfixiados por sus deudas. Y cómo había gente incapaz de pasarlo por alto. A un millón de millas de distancia, ¿no? Pues ya no se me antojaba tan distante.

De repente otro orador se subió al techo de la camioneta. Los ojos casi se me salieron de las cuencas. Era Lemouz. Vaya, vaya.

El profesor cogió el micrófono y se puso a gritar.

—¿Quiénes forman el Banco Mundial? Es un grupo de dieciséis instituciones de todas partes del mundo. Una de ellas es el Banco de América. ¿Quién prestó el dinero a Morton Lightower? ¿Quién avaló la oferta de inversión pública en su empresa? ¡Pues fue nuestro buen amigo, el Banco de América, compañeros!

De repente el ambiente cambió.

—¡A esos cabrones habría que ponerles una bomba! —chilló una mujer.

Un estudiante intentó empezar a corear:

—B. de A., B. de A., ¿a cuántas niñas has matado hoy?

Vi que empezaban a formarse bolsas de violencia. Un chico arrojó una botella hacia una ventana del banco. Al principio creí que era un cóctel Molotov, pero no se produjo ninguna explosión.

—¿Veis con qué tenemos que lidiar aquí? —preguntó Santos—. El problema es que no todos se equivocan.

—Joder, ¿cómo que no? —fue la contribución de Jacobi.

Dos policías invadieron las filas y trataron de acorralar al que había lanzado la botella, pero la multitud hizo piña y les impidió el paso. Vi al chico correr calle abajo. Luego oí gritos y vi a gente en el suelo. Ni siquiera me di cuenta de dónde empezó.

—Joder. —Santos bajó la cámara—. Esto puede desmadrarse.

Un poli blandió su porra y un chaval de cabellos largos cayó de rodillas. Otros manifestantes se dedicaron a arrojar cosas: botellas, piedras. Dos agitadores se enfrentaron a la policía y los agentes los arrastraron, los tiraron al suelo y los mantuvieron allí con las porras.

Lemouz seguía aullando por el micrófono.

—Mirad a lo que ha de recurrir el Estado, a romperles la crisma a madres y niños.

Me harté de permanecer sentada, observando.

—Esa gente necesita ayuda. —Hice ademán de abrir la portezuela.

Martelli me detuvo.

—Si nos metemos, nos reconocerán.

—A mí ya me conocen —advertí, y desaté la funda de la pistola que llevaba en la pierna. Atravesé la calle corriendo con Martelli pisándome los talones.

A los policías los empujaban y los acribillaban con escombros.

—¡Cerdos! ¡Nazis!

Me abrí paso entre la turba. Una mujer se tapaba la cabeza ensangrentada con una prenda. Otra intentaba sacar a un bebé llorando. Gracias a Dios que alguien poseía un poco de sentido común.

La mirada del profesor Lemouz se clavó en mi persona.

—¡Mirad cómo la policía trata a la inocente voz de las protestas! ¡Llega apuntando con la pistola!

»Ah, *madame* teniente —añadió, y me sonrió desde su improvisado podio—, veo que todavía pretende educarse. Dígame, ¿qué aprendió hoy?

—Usted planificó esto —exclamé. Ojalá pudiese arrestarlo por alteración del orden público—. La manifestación era pacífica y usted los provocó.

—Es una pena, ¿verdad? Parece que las manifestaciones pacíficas no se mencionan en las noticias. Pero, mire... —señaló una camioneta de un canal de televisión que aparcaba calle abajo. Un reportero se bajó de un salto y un cámara empezó a filmar mientras corría.

—Lo estoy mirando a *usted*, Lemouz.

—Me halaga, teniente. No soy sino un humilde profesor de una asignatura arcana que ha pasado de moda. En serio, deberíamos tomar una copa juntos. Me agradaría. Pero ahora debe disculparme, me espera un caso de brutalidad policial.

Hizo una reverencia, dibujó una sonrisa socarrona que me puso la piel de gallina y empezó a agitar los brazos por encima de la cabeza, alborotando a la multitud, coreando:

—B. de A, B. de A., ¿a cuántas niñas has esclavizado hoy?

41

Charles Danko entró en el deprimente vestíbulo gris del gran edificio municipal. A su izquierda, en un control de seguridad, dos guardias inspeccionaban con poco entusiasmo bolsas, bolsos y paquetes. Los dedos de Danko se apretaron en torno al asa del gran portafolios de cuero.

Por supuesto, ya no se llamaba Danko, sino Jeffrey Stanzer. Antes fue Michael O'Hara y Daniel Browne. Había tenido muchos nombres a lo largo de los años; los cambiaba y se mudaba cada vez que sentía que se le acercaban demasiado. De todos modos, resultaba fácil cambiar los nombres, sólo había que manipular un carné de conducir. Lo único que permanecía constante era una firme convicción en su alma: hacía algo muy importante, algo que debía a las personas cercanas a su corazón, personas muertas por una causa.

Pero lo espantoso era que nada de ello era cierto.

Porque Charles Danko no creía en nada que no fuera el odio que le quemaba las entrañas.

Estudió el método de trabajo de los guardias de seguridad, y no se le antojó novedoso. Lo había visto ya muchas veces. Subió a la plataforma y empezó a vaciarse los bolsillos. Lo había hecho tantas veces en las últimas semanas que bien podría trabajar de verdad en el edificio.

«El portafolios allí», indicó con un gesto, sin pronunciar palabra.

—El portafolios allí —insistió el guardia, a la vez que dejaba libre el espacio en la mesa del escáner y la abría.

—¿Ya está lloviendo? —le preguntó mientras pasaba el portafolios por el escáner.

Danko sacudió la cabeza. El corazón le dio un vuelco. En esta ocasión, Mal había fabricado una obra de arte, había colocado el

contenido en el mismísimo forro. Además, esos zánganos no sabrí-
an cómo encontrar una bomba aunque supieran qué buscaban.

Atravesó el detector de metales y se oyó un pitido. Se tanteó la
americana de arriba abajo y fingió sorpresa mientras se sacaba de
un bolsillo un aparato.

—Mi móvil —explicó con una sonrisa—. Ni siquiera me doy
cuenta de que lo llevo hasta que suena.

—El mío sólo suena cuando es para mis hijos —manifestó el
ingenioso guardia con una sonrisa.

Qué fácil. Estas gentes estaban realmente dormidas. A pesar de
todas las advertencias que las rodeaban. Otro guardia empujó su
portafolios hasta el otro extremo de la plataforma. O sea, ya se encontraba dentro. En el palacio de la supuesta justicia.

¡Iba a hacerlo volar por los aires! Mataría a todos en su interior. Sin lamentos ni remordimientos.

Se quedó quieto un momento; observó a las, ¡ay!, tan atareadas
personas que correteaban de un lado a otro. Recordó los años que
pasó manteniendo un perfil bajo, la existencia tranquila y trivial
que estaba a punto de dejar atrás. Las manos empezaron a sudarle.
Se hallaba en el epicentro del poder, en el mismísimo corazón de la
investigación.

«Os encontraremos, no importa cuán grande sea vuestra casa o
poderosos vuestros abogados...»

Lo que llevaba bastaba para hacer estallar una planta entera.

Entró en un atestado ascensor y pulsó el botón de la tercera
planta. Subió con él la gente que regresaba de comer. Policía, investigadores de la oficina del fiscal, peones del Estado. Todos con familias y animales domésticos, aficionados a ver a los Giants jugar en la
tele, probablemente no se creyeran responsables. Pero lo eran, hasta
el que barría el suelo. Todos eran culpables y, si no, ¿qué más daba?

—Disculpen —dijo en el tercer piso, y se abrió paso entre dos
o tres personas. Dos policías uniformados pasaron de largo en el
pasillo y él ni siquiera se encogió. Se permitió incluso el lujo de
sonreírles. Qué fácil. El hogar del fiscal, del jefe de policía, de la investigación.

¡Lo habían dejado entrar sin ponerle ninguna traba! ¡Cretinos!

Querían demostrar que tenían lo del G-8 bajo control. Ya se enterarían, ya, de que no tenían la más remota idea.

Respiró hondo y se detuvo frente al despacho 305, sobre cuya puerta rezaba HOMICIDIOS.

Permaneció allí un momento, para dar la impresión de que era uno de ellos, y luego se dio la vuelta y volvió al ascensor.

«Un ensayo», pensó mientras bajaba.

«Hay que practicar para perfeccionar. Luego...

»¡Bum! Su seguro servidor, August Spies.»

TERCERA PARTE

42

Eran las cuatro cuando salí de Berkeley y regresé a mi despacho. Mi secretaria Brenda me pilló en el pasillo.

—Tiene dos mensajes de la ayudante de la fiscal Bernhardt, pero no se ponga cómoda. El jefe quiere verla arriba.

Llamé a la puerta de Tracchio. Ya había empezado una reunión de la Brigada Especial de Emergencias. No me sorprendió ver a Tom Roach, de la sección local del FBI. Él y su equipo lo habían revisado todo desde que Cindy recibió el correo electrónico aquella mañana. También se hallaban presentes Gabe Carr, teniente de alcalde a cargo de asuntos policiales, y Steve Fiori, el enlace con la prensa.

Y alguien más, un hombre que me daba la espalada y al que no reconocí: moreno, de espeso cabello castaño y complexión robusta. Todo en él indicaba que formaba parte de una avanzadilla encargada de la reunión del G-8. «Allá vamos, los adictos a los antiácidos.»

Saludé con un gesto de la cabeza a aquellos con los que ya había trabajado y eché una rápida ojeada al trajeado que no conocía.

—¿Desea ponernos a todos al corriente, teniente? —pidió el jefe.

—Claro.

Experimenté retortijones en el estómago. No me había preparado del todo para una presentación y tenía la impresión de que me estaban poniendo una trampa. Al estilo del mismísimo Tracchio.

—Muchas cosas señalan hacia Berkeley —expliqué y detallé los ángulos clave que tratábamos: Wendy Raymore, la manifestación de aquel día, Lemouz.

—¿Cree que ese tipo está involucrado? —preguntó Tracchio—. Es un profesor, ¿no?

—Pasé su nombre por las bases de datos y no me salió nada más grave que un par de manifestaciones ilegales y resistencia a la detención. Ambos cargos fueron desestimados. O bien es inofensivo o bien es condenadamente listo.

—¿Algún rastro de los marcadores del C-4? —insistió Tracchio. Diríase que trataba de ganar puntos ante el agente federal del traje beige. Por cierto, ¿quién era?

—Lo buscan en la Agencia de Alcohol, Tabaco y Armas de Fuego.

—Mientras, esa gente no deja de amenazarnos con los correos electrónicos anónimos —añadió el propio Tracchio.

—¿Qué quiere que hagamos? ¿Que vigilemos cada acceso público a Internet en la zona de la bahía? ¿Sabe cuántos son, jefe?

—Dos mil ciento setenta y nueve —reveló de pronto el agente trajeado. Echó un vistazo a un papel—. Dos mil ciento setenta y nueve acceso públicos a portales de Internet en la bahía; depende de cómo se definan. Universidades, bibliotecas, cafés, aeropuertos, incluyendo dos centros de reclutamiento para el ejército en San José, pero no creo que lo intenten allí, si es que eso nos ayuda a delimitarlos.

—Sí, claro que nos los delimita. —Nuestras miradas se encontraron por fin.

—Lo siento. —El hombre se frotó las sienes y esbozó una cansada sonrisa—. Hace veinte minutos que me bajé de un avión procedente de Madrid. Esperaba revisar algunos detalles de seguridad para la reunión del G-8 la semana que viene. Y ahora me pregunto si de pronto me encuentro en plena tercera guerra mundial.

—Soy Lindsay Boxer —me presenté.

—Lo sé. Trabajó en la explosión de la iglesia en La Salle Heights el año pasado. Los pesos pesados del ministerio de Justicia tomaron buena nota de ello. ¿Cabe la posibilidad de que podamos contener a esa gente en el curso de la semana que viene?

—¿*Contenerla*? —La expresión me sonó a novela de Tom Clancy.

—Vamos a dejarnos de juegos, teniente. Aquí se celebrará una reunión de los ministros de economía del mundo libre. A eso hay que añadir una amenaza a la seguridad pública y, como dice el jefe Tracchio, no tenemos mucho tiempo.

Me gustó que hablara sin rodeos. No era típico de los de Washington.

—¿Así que todo sigue igual? —preguntó el teniente de alcalde Gabe Carr.

—¿Igual? —El hombre de Washington miró a todos en la estancia—. Los edificios cuentan con equipos de seguridad, ¿no? Contamos con suficiente personal, ¿verdad, jefe?

—Todos los uniformados de la fuerza estarán a su disposición la semana que viene. —Los ojos de Tracchio se encendieron.

Carraspeé.

—¿Y qué hay del correo electrónico que hemos recibido?

—¿Qué quiere hacer con él, inspectora? —sondeó el tipo de Washington.

Se me secó la garganta.

—Quiero contestarlo. Quiero iniciar un diálogo. Establecer en un plano los puntos de contacto desde los que responden. Ver si se les escapa alguna información. Cuanto más hablemos, más podrían revelar...

Se produjo uno de esos empalagosos y largos silencios. Ojalá no prescindieran de mí.

—Buena respuesta. —El agente federal me guiñó un ojo—. Dejémonos de tanto melodrama. Sólo quería ver con quién trabajo. Soy Joe Molinari. —Sonrió y me entregó su tarjeta de visita.

Por mucho que intentara aparentar impasibilidad, mi corazón dio un vuelco, tal vez dos.

DEPARTAMENTO DE SEGURIDAD INTERIOR. JOSEPH P. MOLINARI, DIRECTOR ADJUNTO, rezaba la tarjeta.

«¡Joder, el tío es un pez gordo!»

—Iniciemos un diálogo con esos cabrones —sugirió.

43

La cabeza aún me daba vueltas a causa de la reunión con Molinari cuando acudí a mi despacho, camino del cual me detuve en el de Jill.

Un trabajador pasaba la aspiradora por el pasillo, pero las luces de Jill seguían encendidas.

De fondo se oía un disco de Eva Cassidy a bajo volumen. Oí a Jill hablar por un dictáfono.

—Eh —llamé a la puerta con una expresión tan apenada como me fue posible—. Sé que me has dejado unos cuantos mensajes. Probablemente no sirva de nada que te hable de mi jornada.

—En todo caso, sé cómo *empezó* —dijo Jill. Frialdad.

Me lo merecía.

—Oye, no te culpo por enfadarte. —Entré y coloqué las manos en el respaldo de una silla alta.

—Podría decirse que estaba un poco enfadada al empezar el día.

—¿Y ahora?

—Ahora... Supongo que podría decirse que estoy jodidamente cabreada, Lindsay.

Su rostro no contenía ni rastro de diversión. Cuando hacía falta alguien capaz de romperle los huevos a alguien —por muy poco afortunada que fuera la metáfora—, una recurría a Jill.

—Me estás torturando. —Me senté en la silla—. Sé que lo que hice estuvo fuera de lugar.

Jill soltó una risita despectiva.

—Yo diría que eso de mandarle un sicario a mi marido estaía muy, pero que *muy* fuera de lugar... hasta para ti, Lindsay.

—No se trata de un sicario —la corregí—, sino de alguien capaz de romperle las rodillas. Pero, a estas alturas, ¿de qué sirven los tecnicismos? Estás casada con un auténtico hijo de puta.

—Arrastré la silla para dejarla junto a su mesa—. Mira Jill, sé que actué mal. No fui a amenazarlo. Fui por ti. Pero el tío se comportó como un verdadero capullo de culo estrecho.

—Puede que al tío no le gustara que yo enseñara nuestros trapos sucios. Lo que te conté era confidencial, Jill.

—Tienes razón. —Tragué saliva—. Lo lamento.

Paulatinamente se suavizaron las pequeñas arrugas de rabia en su frente. Empujó su silla y la volvió hacia mí, de modo que casi nos tocábamos las rodillas.

—Lindsay, ya soy una chica grande. Déjame librar mis propias batallas. En este caso eres mi amiga, no una agente de policía.

—Eso me dicen todos.

—Entonces, haz caso, cariño, porque te necesito como amiga y no como el 108 regimiento aerotransportado—. Me cogió las manos y las estrechó—. Las amigas suelen escuchar a las amigas e invitarlas a comer, puede que les preparen una cita con un compañero de trabajo guapo... pero irrumpir en el despacho de su marido y amenazar con romperle las rodillas... eso... eso lo hacen los *enemigos*, Lindsay.

Me eché a reír y por primera vez vi que un atisbo de sonrisa resquebrajaba el hielo de Jill. Sólo un atisbo.

—De acuerdo. Entonces, como amiga, quiero saber cómo os va a ti y a ese hijo de puta desde que te dio el puñetazo. —Contuve una sonrisa falsa.

Jill se rió y se encogió de hombros.

—Supongo que bien... hablamos de la posibilidad de ver a un consejero matrimonial.

—El único consejo que Steve necesita es el de un abogado, cuando se le arreste.

—Acuérdate, Lindsay, sé mi amiga... De todos modos, tenemos cosas más importantes de las que hablar. ¿Qué le pasa a esta ciudad?

Le conté lo del mensaje que había recibido Cindy esa mañana y de la repercusión que había tenido impulso para el caso.

—¿Has oído hablar de un tipo de la lucha antiterrorista que se llama Joe Molinari?

Jill reflexionó.

—Recuerdo a un tal Joe Molinari fiscal en Nueva York. Un investigador de primera. Trabajó en lo de las Torres Gemelas. Para colmo no está nada mal. Creo que fue a Washington con un cargo especial.

—Ese «cargo especial» está en el Departamento de Seguridad Interior y es el nuevo hombre al frente del caso.

—Podría irte peor. ¿Mencioné que no está nada mal?

—Déjalo ya —me sonrojé.

Jill ladeó la cabeza.

—Normalmente los agentes del FBI no son tu tipo.

—Porque la mayoría de ellos sólo se centran en su carrera y en el escalafón a costa de nuestras fuentes y pistas. Pero Molinari parece un tipo legal. Podrías hacer algunas averiguaciones para mí...

—¿Quires saber qué clase de abogado es? —Jill sonrió con expresión felina—. ¿O si está casado? Creo que Lindsay se ha quedado embobada con el agente especial.

—Director adjunto —fruncí la nariz.

—Ah... le ha ido bien. —Jill asintió con aprobación. Sí dije que era guapo, ¿no? —Sonrió de nuevo y ambas nos echamos a reír.

Al cabo de un rato cogí a Jill de las manos.

—Lamento haber hecho lo que hice, Jill. Me moriría si empeorara tu situación. No puedo prometerte que me mantendré ajena a la situación, al menos no del todo. Eres nuestra amiga, Jill, y estamos sumamente preocupadas por ti. Pero te doy mi palabra... que no lo mandaré eliminar. No sin haberlo consultado contigo antes.

—Trato hecho. —Jill asintió. Me apretó la mano—. Sé que estás preocupada por mí, Lindsay, y te quiero por ello. Pero deja que encuentre mi propio camino. Y la próxima vez deja las esposas en casa.

—Hecho. —Sonreí.

44

A pesar de ser suizo, Gerd Propp había adquirido muchos gustos y costumbres estadounidenses. Una de ellas consistía en pescar salmón. En su habitación del hotel Governor, en Portland, Gerd tendió sobre la cama matrimonial el nuevo chaleco de pescador Ex Officio que acababa de adquirir, junto con algunos cebos artificiales y un bichero.

Tal vez su trabajo, el de economista de la OCDE en Ginebra, fuera pesado y aburrido, pero le permitía viajar a los Estados Unidos varias veces al año y conocer a hombres que compartían su pasión por los salmones coho y chinook.

Y mañana iría de pesca, so pretexto de dar los últimos retoques a su charla frente a la reunión del G-8 que se celebraría en San Francisco la semana siguiente.

Pasó los brazos por el recién comprado chaleco de pesca y se admiró en el espejo. «¡De veras parezco un profesional!» Gerd se ajustó la gorra, sacó pecho en su elegante chaleco y se sintió tan lleno de energía y varonil como el protagonista de una película de Hollywood.

Alguien llamó a la puerta. El mozo, supuso, puesto que había dejado dicho en la recepción que le plancharan el traje.

Al abrir la puerta lo sorprendió no ver a un joven en uniforme del hotel, sino a un tipo con chaqueta de lana negra y una gorra que le ocultaba parte de la cara.

—¿*Herr* Propp? —preguntó el joven.

—Sí. —Gerd se subió las gafas hasta el puente de la nariz—. ¿Qué quiere?

Antes de que tuviera tiempo de pronunciar otra palabra vio que un brazo se lanzaba contra él, le alcanzaba la garganta y le dejaba sin aliento. A continuación el joven lo tiró al suelo, donde aterrizó con fuerza.

Gerd sacudió la cabeza para despejarse. Ya no llevaba las gafas. Sintió la sangre brotarle de la nariz.

—¡Dios mío! ¿Qué pasa?

El joven entró en la habitación y cerró la puerta. De repente en su mano apareció un objeto de metal negro. Gerd se quedó petrificado. Su vista no era muy buena, pero no se equivocaba. El intruso sostenía una pistola.

—¿Es usted Gerhard Propp? —preguntó el joven—. Economista en jefe de la OCDE en Ginebra. No trate de negarlo.

—Sí —murmuró Gerd—. ¿Qué derecho tiene de irrumpir aquí y...?

—El de cien mil niños que mueren cada año en Etiopía —lo interrumpió el hombre—, gracias a enfermedades que podrían evitarse con facilidad si el pago de su deuda no equivaliera a seis veces la cobertura sanitaria nacional del país.

—¿Que qué? —balbuceó Gerd.

—El derecho de los pacientes del sida en Tanzania —continuó el hombre—, cuyos gobiernos dejan que se pudran porque están demasiado ocupados pagando la deuda con que usted y sus elegantemente calzados cabrones los han asfixiado.

—Yo no soy más que un economista —se lamentó Gerd. ¿Qué creía el hombre que hacía?

—Es usted Gerhard Propp. Economista en jefe de la OCDE, cuya misión consiste en facilitar que las naciones económicamente privilegiadas del mundo expropien los recursos de los económicamente débiles a fin de convertirlos en la basura de los ricos. —El hombre cogió una almohada—. Es usted el arquitecto del AMI.

—Está completamente equivocado. —Gerd se dejó llevar por el pánico—. Los acuerdos han traído a estos países atrasados al mundo moderno. Han creado empleos y un mercado de exportación para naciones que nunca podrían haber soñado con competir.

—¡Se equivoca! —chilló a voz en grito el joven. Se acercó a la televisión y la conectó—. Lo único que ha traído es avaricia, pobreza y pillaje. Y esta mierda en la tele.

En ese momento, la CNN repasaba las noticias económicas internacionales, justo a tiempo. Los ojos de Gerd se abrieron como platos al ver al intruso arrodillarse a su lado y, a la vez, escuchar la voz del comentarista que anunciaba que el real brasileño volvía a sufrir presiones.

—¿Qué hace? —resopló Gerd, con los ojos bien abiertos.

—Voy a hacer aquello que a mil mujeres embarazadas que padecen el sida les gustaría hacer, *Herr* doctor.

—Por favor —rogó Gerd—... por favor, se equivoca de verdad.

El intruso sonrió. Echó una ojeada a los objetos que había sobre la cama.

—Ah, veo que le gusta pescar. Esto me puede servir.

45

A las siete y media de la mañana del día siguiente me sorprendió ver al director adjunto Molinari al teléfono detrás de mi mesa. *Algo* había sucedido.

Me indicó que cerrara la puerta. Deduje por lo que oí que hablaba con su despacho del Este y que le acababan de leer un informe. En su regazo se amontonaba una pila de carpetas y de vez en cuando tomaba notas, un par de las cuales logré descifrar: «9 mm» e «itinerario».

—¿Qué ocurre? —pregunté cuando colgó.

Con un gesto me pidió que me sentara.

—Ha habido un asesinato en Portland. A un ciudadano suizo le han disparado en su habitación del hotel. Es un economista. Se preparaba para ir a Vancouver y participar en una excursión de pesca.

No deseaba aparentar demasiado indiferencia, pero aquí mismo teníamos entre manos dos casos que amenazaban la seguridad nacional y los dirigentes del mundo libre tenían puestas sus miradas en nosotros.

—Lo siento, pero ¿qué relación tiene esto con lo nuestro?

Molinari abrió una de las carpetas, que ya contenía fotos del crimen que habían enviado por fax desde el escenario del crimen. Mostraban un cuerpo vestido con lo que parecía un chaleco de pesca con dos agujeros de bala. Le habían rasgado la camisa y en el pecho desnudo aparecían grabadas las letras: AMI.

—La víctima era una economista, teniente... de la OCDE. Me miró y sonrió sin humor—. Eso lo aclara.

Al sentarme el estómago me dio un vuelco. «Lo aclara de inmediato.» El asesinato número tres. Examiné más minuciosamente las fotos del escenario del crimen: disparos al pecho y el golpe de gracia en la frente. Un largo anzuelo en una bolsa de pruebas. Las letras grabadas en el pecho de la víctima. AMI.

—¿Esas siglas le dicen algo?

—Sí. —Molinari asintió y se puso de pie—. Se lo explicaré en el avión.

46

El «avión» en el que Molinari nos había conseguido plaza era un Gulfstream G-3 con una insignia, azul y blanco en el fuselaje y la leyenda GOBIERNO DE ESTADOS UNIDOS. El director adjunto detentaba definitivamente un puesto muy alto en la jerarquía.

Era la primera vez que me subía a un jet privado en la sección privada del aeropuerto de San Francisco. Las puertas se cerraron y el motor se puso en marcha en cuanto nos sentamos. No pude negar que experimenté un estremecimiento.

—Ésta, no cabe duda, es la mejor manera de viajar —dije a Molinari, y no me contradijo.

El vuelo a Portland duraba poco más de una hora. Molinari estuvo al teléfono los primeros minutos, al cabo de los cuales yo deseaba hablar.

Extendí las fotos del escenario del crimen.

—Iba a decirme lo que significa AMI.

—El AMI fue un acuerdo comercial secreto, negociado hace unos años por los países ricos de la OMC. Otorgaba a las grandes multinacionales derechos que en ocasiones superaban a los de los gobiernos. En opinión de algunas personas abrió la veda sobre las economías más pobres. En 1998 una campaña popular obligó a que se abandonara; sin embargo, me dicen que la OCDE, para la cual Propp trabajaba, estaba preparando otro borrador parecido para hacer un tanteo. Adivine dónde.

—¿En la reunión del G-8 la semana que viene?

—Sí... Por cierto —abrió su portafolios—... creo que esto puede serle de utilidad.

Me entregó unas carpetas que contenían la información que yo había pedido a Seattle. Cada una de ellas con el sello CONFIDENCIAL, PROPIEDAD DEL FBI.

—No las pierda de vista —me pidió con un guiño—. Me resultaría bastante bochornoso que se filtraran.

Las hojeé. Algunos poseían antecedentes previos, desde incitación al alboroto a resistencia a la detención y posesión ilegal de armas de fuego. Otros parecían ser estudiantes entregados a la causa. Robert Alan Rich poseía un expediente en Interpol por incitar a la violencia en la reunión del Foro Económico Mundial celebrado en Gstaad. A Terri Ann Gates la habían detenido por incendio premeditado. Un marginado del Reed College de rostro demacrado y el cabello recogido en una cola llamado Stephen Hardaway había robado un banco en Spokane, Washington.

—Bombas activadas por control remoto, ricina —pensaba en voz alta—. La tecnología es bastante avanzada. ¿Alguno de éstos tiene suficientes contactos para lograrlo?

Molinari se encogió de hombros.

—Alguno de ellos podría haberse unido a una célula terrorista establecida. La tecnología está a la venta. O tal vez nos enfrentamos a un conejo blanco.

—¿Un conejo blanco? ¿Cómo el de Jefferson's Airplane?

—Es el nombre que damos a terroristas que llevan mucho tiempo escondidos, los no fichados. Como el grupo terrorista de los Weathermen en las décadas de 1960 y 1970. La mayoría de ellos han vuelto a formar parte de la sociedad. Tienen familias y trabajos honrados. Pero algunos aún no han abandonado la lucha.

La puerta de la cabina se abrió y el copiloto nos informó de que empezábamos el descenso. Metí las carpetas en mi portafolios, impresionada por la rapidez con que Molinari había dado curso a mi petición.

—¿Alguna última pregunta? —me preguntó mientras se apretaba el cinturón de seguridad—. Normalmente un escuadrón de agentes del FBI se me pega en cuanto aterrizamos.

—Sólo una. —Sonreí—. ¿Cómo le gusta que lo llamen? Director adjunto suena a alguien que dirige una central eléctrica en Ucrania.

Se echó a reír.

—Cuando trabajo lo que corresponde es que me llamen «señor», pero cuando no trabajo prefiero «Joe». —Me dirigió una sonrisa—. ¿Eso se lo pone más fácil, teniente?

—Ya veremos, *señor*.

47

Una escolta policial nos acompañó a toda velocidad de la pista privada en las afueras de Portland al hotel Governor, en el centro de la ciudad. Se trataba de un antiguo edificio restaurado estilo Oeste, lo peor que había sucedido allí.

Mientras Molinari consultaba al jefe de la oficina regional del FBI, la inspectora de homicidios Hannah Wood y su socio, Rob Stone, me pusieron al corriente.

Molinari me dio tiempo para inspeccionar el escenario del crimen, definitivamente horripilante. No cabía duda de que Propp había franqueado el paso a su asaltante. Al economista le habían disparado tres balas, dos en el pecho y una que le atravesaba la cabeza; la bala había quedado en el suelo. Además, a Propp lo habían acuchillado varias veces, probablemente con un cuchillo de filo aserrado que encontraron en el suelo.

—El equipo de la escena del crimen encontró esto. —Hannah me enseñó una bolsa que contenía una bala de 9 mm aplastada. También nos mostraron un bichero.

—¿Huellas? —pregunté.

—Parciales en el pomo interior. Probablemente de Propp. El consulado suizo se ha puesto en contacto con la familia de Propp —informó Hannah.

Tenía programado cenar con un amigo anoche y luego un vuelo a las siete de la mañana a Vancouver. Aparte de eso, ni llamadas telefónicas ni visitas.

Me puse unos guantes, abrí el portafolios en la cama de Propp y hojeé sus apuntes. Había unos cuantos libros esparcidos, casi todos académicos.

Fui al cuarto de baño. El neceser del economista se encontraba sobre la encimera. No había mucho más sobre qué basarnos. Al parecer no habían movido nada.

—Sería más fácil que nos dijera lo que buscamos, teniente —sugirió Stone.

No podía hacerlo. Aún no habíamos revelado el nombre de August Spies. Me concentré en las copias de las fotos del escenario del crimen pegadas al espejo, una escena fea, horrible. Sangre por todas partes. Y la amenaza: AMI.

Los asesinos cumplían sus deberes, pensé. Querían una tribuna. Y la tenían. Entonces, ¿dónde demonios estaba el discurso?

—Oiga, teniente —manifestó Hannah, incómoda—, no cuesta adivinar lo que hacen aquí usted y el director adjunto. Los horribles incidentes en San Francisco tienen relación con eso, ¿verdad?

Antes de que pudiese responder, Molinari entró con el agente especial Thompson.

—¿Ha visto suficiente? —me preguntó.

—Si no tiene objeciones, señor... —el agente del FBI extrajo su teléfono móvil—. Avisaré a la sección antiterrorista de Quantico de que el asesino anda a sus anchas.

—¿Está de acuerdo, teniente? —Molinari me miró.

Sacudí la cabeza.

—No, creo que no.

El hombre del FBI me observó sorprendido.

—Repítame eso, teniente.

—Creo que debemos esperar. —Sopesé cada palabra—. No creo que este asesinato tenga relación con los otros. Casi estoy segura.

48

La habitación de arriba bien podría haberse desplomado encima de nosotros, a juzgar por el parpadeo del agente del FBI. En favor de Molinari tengo que decir que no reaccionó de ningún modo. Se le veía dispuesto a escucharme.

—¿Sabe lo que Gerhard Propp hacía para ganarse la vida? ¿Y por qué vino a este país? —preguntó el agente especial Thompson.

—Lo sé.

—¿Y dónde debía hacer una presentación la semana que viene?

—Ya me han informado. Igual que a usted.

Thompson dirigió una sonrisa de suficiencia a Molinari.

—¿Así que se trata de otro maníaco homicida que, sólo por mera coincidencia, tiene como blanco al G-8?

—Sí. Eso es, precisamente, lo que pienso.

Thompson se rió y abrió su móvil. Empezó a pulsar el botón de llamada rápida.

Molinari le detuvo el brazo.

—Quiero escuchar lo que tiene que decir la teniente.

—De acuerdo... Lo primero es que este escenario del crimen es completamente diferente a los otros. Uno, este asaltante es probablemente un varón; se nota por la fuerza que utilizó para arrojar a Propp al suelo. Pero no me refiero a eso, sino a la condición física del cuerpo.

»Los dos primeros asesinatos se hicieron con frialdad. —Señalé la foto del escenario del crimen pegada al espejo—. Éste es pasional. Personal. Miren los cortes. El asesino desfiguró el rostro de Propp. Utilizó una pistola además de un arma blanca.

—¿Está diciendo que existe una diferencia entre hacer estallar a alguien o hacerle tragar desatascador y esto? —quiso saber Thompson.

—¿Alguna vez ha apretado el gatillo en acto de servicio, agente especial?

Se encogió de hombros, pero se sonrojó.

—No... ¿Y qué?

—Despegué la foto del cuerpo de Propp.

—¿Podría hacer esto?

El agente del FBI pareció vacilar.

—Diferentes asesinos, diferentes temperamentos —interrumpió Molinari—. Éste podría ser un maníaco sádico.

—De acuerdo, pero luego tenemos la oportunidad. El mensaje de ayer indicaba que habría una víctima cada tercer día. Eso sería el domingo. Es demasiado pronto.

—Lo más probable es que este tipo fuera un blanco fácil —argumentó el agente—. ¿No me dirá que cree en la palabra de un terrorista?

—Eso es precisamente lo que quiero decir. He tratado con suficientes asesinos que siguen un patrón y los comprendo. Establecen un vínculo con nosotros. Si no podemos creer en su palabra, ¿por qué habríamos de creer en sus mensajes? ¿Cómo podríamos confirmar que es el mismo grupo detrás de sus actos? Precisan una credibilidad absoluta.

Thompson miró a Molinari en busca de ayuda. Los ojos de éste último no se despegaron de los míos.

—Todavía tiene la palabra, teniente.

—Lo más importante es que no lleva firma. Los dos asesinatos de San Francisco llevaban la firma de alguien que quiere que sepamos que es él. Su ingenio resulta casi admirable. Una mochila que en apariencia contenía una segunda bomba dejada fuera de la casa. El impreso de la empresa de Bengosian embutido en su boca.

Me encogí de hombros.

—Puede hacer venir a médicos o expertos en técnicas forenses del FBI o del Consejo Nacional de Seguridad, me da igual... pero me ha traído a mí, y yo le aseguro que NO ES ÉL.

49

—Estoy listo para hacer la llamada. —El agente del FBI señaló a Molinari sin hacer el menor caso de lo que yo acababa de alegar. Su actitud me humilló y me enfureció.

—Sólo quiero tenerlo claro, teniente —Molinari se centró en mí—. Cree usted que aquí ha habido otro asesino, un imitador.

—Podría ser un imitador. También podría ser un grupo escindido. Créame, ojalá pudiera decir que es el tercer asesinato, porque ahora tenemos un problema aún mayor.

—No lo entiendo —el director adjunto por fin parpadeó.

—Si no es el mismo asesino, entonces el terror ha empezado a extenderse. Y creo que eso es lo que ha ocurrido.

Molinari asintió lentamente.

—Voy a advertir a la agencia. Agente Thompson, trate estos casos como acciones independientes. Al menos de momento.

El agente Thompson suspiró.

—Mientras tanto, tenemos que resolver un asesinato. Este hombre está muerto —espetó el director adjunto. Echó una ojeada en torno a la estancia, que fue a parar a Thompson—. ¿Alguien tiene problemas con eso?

—No, señor. —Thompson se guardó el móvil en el bolsillo.

Me quedé boquiabierta. Molinari acababa de apoyarme. Hasta Hannah Wood lo miró con ojos de cordero enamorado.

Pasamos el resto del día en la sucursal regional del FBI en Portland. Entrevistamos a la persona con quien Propp debía reunirse en Vancouver y a su amigo economista en la Universidad de Portland State. Molinari hasta me hizo participar en dos llamadas que le devolvieron dos investigadores principales de la oficina central en Washington, D. C., y apoyó mi teoría de que se trataba de un crimen por imitación y de que el terror podría estar extendiéndose.

Hacia las cinco se me ocurrió que no podía permanecer allí mucho más tiempo. Un par de casos bastante destacados requerían mi presencia en San Francisco. Brenda me informó de que había un vuelo de vuelta en la línea aérea Southwest a las seis de la tarde.

Llamé a la puerta del cubículo gris enmoquetado que Molinari estaba usando como despacho.

—Si ya no me necesita aquí, creo que debería regresar a casa. Me divertí siendo «agente del FBI por un día».

Molinari sonrió.

—Esperaba que se quedara un par de horas y cenara conmigo.

Allí, en el umbral, me esforcé por fingir que me resultaban indiferentes sus palabras, pero pese a mis criterios acerca de los agentes federales, sentía curiosidad. ¿Y quién no la sentiría?

No obstante, se me ocurrían unas cuantas razones por las cuales no debía sentirla, además del hecho de que Molinari era el segundo personaje más importante de las fuerzas de seguridad del país. A menos que estuviera malinterpretando el pequeño estremecimiento que me recorría la espalda, derrumbar la vieja muralla china en medio de una investigación por homicidio de dos personajes notables no encajaba con el protocolo.

—Hay un vuelo a las once a San Francisco —afirmó Molinari—. Le prometo que la dejaré en el aeropuerto a tiempo. Vamos, Lindsay.

Cuando vacilé por segunda vez, se puso en pie.

—Mire, si no confía en la seguridad nacional... ¿en quién confiará?

—Con dos condiciones.

—De acuerdo. Si puedo.

—Mariscos.

Molinari mostró el esbozo de una sonrisa.

—Creo que conozco el lugar perfecto...

—Y nada de agentes del FBI.

Él echó la cabeza hacia atrás y soltó una carcajada.

—Eso sí que puedo garantizarlo.

50

«El lugar perfecto» resultó ser un café llamado Catch, en Vine Street, que era como Union Street en mi ciudad, llena de restaurantes de moda y boutiques encantadoras. El *maître* nos llevó a una tranquila mesa en el fondo.

Molinari preguntó si podía encargarse del vino y pidió un *pinot noir* de Oregon. Se definió como un «adicto a la comida que aún no había salido del armario» y dijo que lo que más añoraba de una vida normal era que no podía quedarse en casa atareado en la cocina.

—¿Se supone que he de creérmelo? —pregunté con una sonrisita.

Estalló de risa.

—Pensé que valía la pena intentarlo.

Cuando trajeron el vino, levanté mi copa.

—Gracias. Por apoyarme hoy.

—No fue nada. Se me ocurrió que tenía razón.

Pedimos la cena y hablamos de todo menos del trabajo. Le gustaban los deportes —cosa que no me desagradó—, pero también la música, la historia y las películas antiguas. Me di cuenta de que me reía y lo escuchaba, que el tiempo discurría con suavidad y que por unos momentos todo el horror se había alejado a millones de kilómetros.

Finalmente, habló de una ex esposa y una hija en Nueva York.

—Creí que todo director adjunto debía de tener una mujercita en casa.

—Estuvimos casados quince años y llevamos cuatro divorciados. Isabel se quedó en Nueva York cuando yo vine a Washington. Al principio no era sino una misión. En todo caso —sonrió melancólicamente—, como muchas cosas, lo haría de otra manera si pudiera. ¿Y usted, Lindsay?

—Estuve casada. —Empecé a contarle «mi historia»: que me casé justo al salir del instituto y me divorcié tres años más tarde. ¿Culpa de mi marido? ¿Mía? ¿Qué importancia tenía?—. Tuve una relación íntima hace un par de años... pero no funcionó.

—Las cosas ocurren —Molinari suspiró—. Tal vez sea mejor así.

—No. Murió. En acto de servicio.

—Oh.

Sé que se sentía torpe, pero luego hizo algo hermoso: sencillamente colocó la mano en mi antebrazo, nada insinuante, nada inapropiado, y lo apretó con suavidad. A continuación la separó.

—La verdad es que últimamente no he salido mucho con nadie. —Levanté los ojos y traté de aligerar el ambiente con una sonrisa—. Ésta es la mejor invitación que he recibido en bastante tiempo.

—Lo mismo digo —Molinari sonrió.

De repente sonó su teléfono móvil. Metió la mano en el bolsillo.

—Lo siento.

Fuera quien fuera, hablaba más que él.

—Por supuesto, por supuesto, señor... repetía Molinari. «Hasta el director adjunto tiene un jefe», pensé—. Lo entiendo. Le informaré en cuanto averigüe algo. Sí, señor. Muchas gracias.

Se metió el teléfono en el bolsillo.

—Washington... —se disculpó.

—Washington, ¿es decir, el director de seguridad nacional?

Me alegró ver a Molinari formar parte de una jerarquía.

—No. —Sacudió la cabeza y tomó otro trozo de pescado—. Washington, es decir, la Casa Blanca. Era el vicepresidente. Va a venir para participar en el G-8.

51

Es posible dejarme boquiabierta de admiración.

—Si no fuese una teniente de homicidios —comenté— podría creerte. ¿Te acaba de llamar por teléfono el vicepresidente?

—Podría pulsar las teclas * 69 para demostrártelo, pero es importante que aprendamos a confiar más el uno en el otro.

—¿Es eso lo que estamos haciendo? —sonreí a mi pesar.

Algo empezaba a suceder, porque sentí que unas campanillas sonaban alrededor de mis costillas al ritmo de *Sunshine of Your Love*. Noté que se me formaba un ligerísimo velo de sudor en el nacimiento del pelo. El jersey comenzaba a picarme. Molinari me recordaba a Chris.

—Espero que estemos empezando a confiar el uno en el otro —comentó Molinari por fin—. Dejémoslo así de momento, Lindsay.

—Sí, señor, señor.

Pagó la cuenta y me ayudó a ponerme la chaqueta. Le rocé el brazo y, en fin, sentí una descarga eléctrica. Eché un vistazo a mi reloj. Las 9:30 de la noche: cuarenta minutos al aeropuerto para pillar mi vuelo.

Paseamos un par de manzanas por Vine Street. No presté atención a las tiendas. La noche resultaba fresca y muy agradable. ¿Qué hacía yo aquí? ¿Qué hacíamos los dos?

—Lindsay... —Molinari se detuvo y me miró de frente—. No quiero meter la pata... —Por mi parte, no estaba segura de lo que deseaba que dijera—. Mi chófer está manzana abajo, si quieres... pero hay un vuelo a las seis de la mañana.

—Mire... —Tenía muchas ganas de tocarle el brazo, pero me contuve, ni siquiera sé por qué.

—Joe —me pidió.

—Joe —sonreí. ¿A eso te referías cuando dijiste «fuera del trabajo»?

Cogió mi maleta.

—Estaba pensando que sería una pena que no te pusieras tu otra ropa.

«De verdad confío en él», pensé. Todo en él inspiraba confianza y no cabía duda de que me caía bien. Sin embargo, aun no estaba segura de que fuese una buena idea, y eso me dijo todo lo que necesitaba saber de momento.

—Creo que voy a dejar que creas que me hago la estrecha... —me mordí el labio— y tomaré el vuelo de las once.

—Lo entiendo —asintió—. No te parece bien.

—No es que no me parezca bien. —Le toqué la mano—. Es que no voté por tu gobierno... —Molinari se carcajeó—. Pero, para que conste, no metiste la pata.

Eso también lo hizo sonreír.

—Se está haciendo tarde. Tengo que atender algunos asuntos. Nos veremos muy pronto.

Acto seguido alzó un brazo en dirección a la esquina de la manzana. El Lincoln negro se aproximó. El chófer salió y me abrió la puerta. Aun sin estar del todo segura de lo que hacía, me subí.

De repente se me ocurrió algo y bajé la ventanilla.

—Eh, ni siquiera sé cuál es mi vuelo.

—Ya está todo arreglado. —Me saludó con la mano y bajé la ventanilla. El coche arrancó.

En cuanto enfilamos la autopista, cerré los ojos y repasé los acontecimientos del día, sobre todo mi cena con Molinari. Al cabo de un momento, el chófer me dijo:

—Hemos llegado, señora.

Miré hacia fuera y vi que nos encontrábamos en una zona remota de la pista. Sí, no cabía duda, era posible dejarme pasmada. Allí estaba el Gulfstream G-3 en el que había viajado aquella mañana.

52

Jill lo tenía todo planeado. En su opinión, todo iba bien.

Llegó temprano y preparó uno de los platos preferidos de Steve, *coq au vin*. En realidad, aparte de media docena de platos hechos con huevos, era lo único que sabía cocinar... o al menos que cocinaba con cierta confianza.

Tal vez durante esta velada lograran hablar de cómo proceder. Tenía el nombre de un terapeuta que le había dado una amiga y Steve le había prometido que en esta ocasión sí que iría.

En la cazuela hervían a fuego lento unos vegetales y estaba a punto de añadir un poco de vino cuando Steve llegó. No obstante, en cuanto subió los escalones se diría que miraba a través de ella.

—Míranos —espetó—. Parecemos un anuncio de dicha conyugal.

—Eso intento. —Jill vestía tejanos planchados y una camiseta rosa de cuello en V; además, se había dejado el pelo suelto, como a él le gustaba.

—Sólo hay un problema. —Steve dejó caer el periódico—. Voy a salir.

Jill sintió que el alma se le caía a los pies.

—¿Por qué? Mírame, Steve. Me he esforzado mucho.

—Frank necesita consultar un proyecto conmigo.

Steve alcanzó la cesta de las frutas y cogió un melocotón. Una parte de él parecía radiante, divertido por haber echado a perder la velada.

—¿No puedes verlo mañana en el despacho? Te dije que quería hablar contigo. Estuviste de acuerdo. Y aquí tengo mucha comida.

Steve mordisqueó la fruta y se rió.

—Sales una noche antes de las ocho y se te ocurre hacer el papel de Alice en «La tribu de los Brady», ¿y ahora resulta que *yo* soy el que está echando a perder el guión?

—No es un guión, Steve.

—Si quieres hablar —con un sorbido dio otro mordisco al melocotón—, allá tú. Por si lo habías olvidado, es mi salario el que paga esos zapatos de Manolo Blahnik. Tal como están las cosas hoy en día, lo único más escaso que la Reina de los Hielos con ganas de practicar el sexo es un trato prometedor. Dadas las probabilidades, mejor opto por el trato.

—Eso sí que ha sido muy cruel —Jill lo miró airada, pero dispuesta a conservar la entereza—. Pretendía hacer algo agradable.

—Es agradable. —Steve se encogió de hombros, dio otro mordisco a la fruta—, y si te apresuras, puede que una de tus amigas pueda compartir este momento especial contigo.

Jill se vio reflejada en la ventana y se sintió ridícula.

—Eres un cabrón increíble.

—Vamos... —se quejó el aludido.

Jill dejó caer la espátula y salpicó la encimera de aceite.

—Eh, esa losa de piedra caliza que estás redecorando costó cinco mil dólares.

—Maldito seas —chilló Jill y los ojos se le llenaro de lágrimas—. Mira lo que intento hacer por ti. —Todo se había echado a perder. ¿A qué se estaba aferrando?

»Me menosprecias. Me criticas. Me haces sentir como una chinche. Si quieres salir por esa puerta, hazlo... Sal de mi vida. De todos modos, todos creen que estoy loca por tratar de mantener esta relación.

—Todos... —Jill vislumbró el veneno en sus ojos, el interruptor encendido de repente. La atrapó del brazo y la apretó con todas sus fuerzas, forzándola a echarse al suelo—. Dejas que todas esas zorras te manejen la vida. Yo soy el que maneja tu vida, Jill. Yo...

Jill contuvo más lágrimas.

—Lárgate, Steve. ¡Esto se ha acabado!

—Se habrá acabado cuando yo lo diga —se agachó cerca de su cara—, cuando te haga la vida tan imposible que ruegues que me largue. Y lo haré, Jill. Hasta ese momento, las cosas van a seguir igual. No ha terminado, cariñito... La situación apenas acaba de calentarse.

—Lárgate —gritó Jill y se zafó.

Él levantó un puño, pero ella ni siquiera se encogió. Esta vez no. Ni se dignó parpadear. Steve actuó con rapidez, como si fuese a atacarla, y Jill se mantuvo en sus trece.

—Lárgate, Steve —siseó.

Parecía que la sangre desaparecía del rostro del aludido.

—Será un placer —manifestó y retrocedió. Cogió otro melocotón y se lo frotó en la camisa. Echó una última sonrisa de desdén a la cocina pringosa—. No te olvides de guardar las sobras.

Nada más oír que la puerta se cerraba, Jill rompió a llorar. ¡Ya bastaba! No sabía si debía llamar a Claire o a Lindsay. Pero primero tenía que hacer otra cosa. Extrajo la guía de teléfonos del armario de la cocina y la hojeó, tras lo cual marcó frenéticamente el primer número que halló.

Le temblaba la mano, pero ya no había vuelta atrás.

«Que alguien conteste... ¡por favor!»

—Cerrajería Safe-More.

—¿Hacen trabajos urgentes? —preguntó Jill, con una mezcla de resolución y llanto—. Necesito que alguien venga ahora mismo a cambiar una cerradura.

53

La luz de mi contestador automático parpadeaba.

Pasaba de la una de la mañana cuando por fin regresé a mi apartamento.

Arrojé la americana sobre una silla y me quité el jersey antes de pulsar el botón de escuchar.

5:28. Jamie, la veterinaria de *Martha*: «Ya puedes recogerla por la mañana».

7:05. Jacobi: «Sólo para saber qué tal te va».

7:16. Jill. Un temblor de nerviosismo en su voz: «Necesito hablar contigo, Lindsay. Traté de hacerlo por el móvil, pero no contestaste. Llámame en cuanto llegues a casa.»

11:15. Otra vez Jill: «¿Lindsay? Llámame en cuanto llegues a casa. Estoy despierta.»

Algo había sucedido. Marqué su número y contestó al segundo timbrazo.

—Soy yo. Estaba en Portland. ¿Va todo bien?

—No lo sé. —Una pausa—. He echado a Steve de casa esta noche.

Casi dejé caer el aparato.

—¿En serio?

—Esta vez va en serio. Se acabó, Lindsay.

—Ay, Jill... —Pensé en el tiempo que tuvo que aguantar, esperando a que yo regresara—. ¿Qué ha hecho?

—No quiero hablar de ello ahora, aparte de afirmar que no volverá a pasar. Lo he echado, Lindsay. He cambiado las cerraduras.

—¿Lo has dejado fuera? ¡Vaya! ¿Y dónde está ahora?

Jill soltó una risa ronca.

—No tengo la menor idea. Ha salido hacia las siete y cuando ha vuelto hacia las once y media lo he oído aporrear la puerta. Los últimos diez años habrían valido la pena tan sólo para ver su expresión cuando su llave no encajaba en la cerradura. Vendrá mañana a por sus cosas.

—¿Estás sola? ¿Has llamado a alguien?

—No. Te esperaba a ti, a mi amiga.

—Voy para allá.

—No, no. Acabo de tomar una pastilla. Quiero dormir. Tengo un juicio mañana.

—Estoy orgullosa de ti, Jill.

—Y yo. Necesitaré que me cojas de la mano de vez en cuando durante las próximas semanas, ¿no te importará, verdad?

—No hay otra mano que prefiera coger. Te mando un fuerte abrazo, cariño. Ve a dormir. Y ahí te va el consejo de una poli: mantén cerrada esa puerta.

Colgué. Estaban a punto de dar las dos de la mañana, pero no me importó. Quería llamar a Claire o a Cindy y contarles la noticia.

«Jill por fin ha puesto de patitas a la calle a ese gilipollas.»

54

—Eh, teniente —gritó Cappy Thomas al verme entrar al día siguiente por la mañana—. Leeza Gibbons al teléfono. La del programa *Entertainment Tonight*. Quiere saber si pueden comer juntas.

Cometí el error de llamar a Jacobi la noche anterior desde el avión y quizá revelé demasiados detalles acerca de mi jornada. Tal vez por eso se oyeron algunos comentarios subidos de tono en las dependencias del grupo.

Llevé una taza de agua caliente a mi escritorio. Una luz parpadeaba en mi teléfono. La pulsé.

—Oye, teniente —era Jacobi, por supuesto—, a mí y a la parienta se nos antoja ir en julio a Nueva York. ¿Crees que podrías conseguirnos el G-3?

—Eh, teniente, ¡teléfono! —volvió a gritar Cappy.

En esta ocasión solté:

—Oye, no me acosté con él. No pedí el jet y mientras vosotros, payasos, os estabais rascando las pelotas aquí, yo sí que avancé con el caso de homicidio.

—Supongo que tendré que conformarme con eso para estar al corriente —comentó Cindy entre risas.

—Ay, Dios... —Agaché la cabeza y dejé que la sangre desapareciera de mi rostro.

—Aunque no lo creas, no llamo para sonsacarte. Tengo noticias para ti.

—Yo también tengo noticias —manifesté, pensando en Jill—. Tú primero.

Dado el deje urgente de Cindy se me ocurrió que no estaría pensando en Jill.

—Tu fax va sonar de un momento a otro.

En ese preciso momento Brenda llamó a mi puerta y me entregó el fax de Cindy.

Otro correo electrónico.

—Estaba en mi ordenador cuando acudí al trabajo esta mañana.

Volví a la realidad con un sobresalto. En esta ocasión, la dirección era MarionDelgado@hotmail.com.

El mensaje constaba sólo de una línea: «Lo de Portland no fue cosa nuestra. Rubricado: August Spies.»

55

—Tengo que llevar esto arriba —exclamé; salí disparada de mi silla y casi arranqué el teléfono de la pared. A medio camino del despacho de Tracchio me percaté de que se me había olvidado explicarle a Cindy lo de Jill. Todo estaba precipitándose.

—Tiene la puerta cerrada —me advirtió su secretaria—. Más le vale esperar.

—Esto no puede esperar —dicho lo cual, empujé la puerta. Al fin y al cabo, Tracchio estaba acostumbrado a que irrumpiera así.

Sentado frente a mí, ante su mesa de conferencias, flanqueado por dos tipos que me daban la espalda. Uno de ellos, Tom Roach, era el enlace del FBI.

Casi me caigo de bruces al ver que el otro era Molinari.

Tuve la impresión de que chocaba contra una pared, rebotaba y vibraba como en los dibujos animados del *Pájaro Loco*.

—¿A que ha sido pronto, teniente? —Molinari se puso en pie.

—Sí, eso dijo. Creí que tenía asuntos urgentes que atender en Portland.

—Y así es. Ya están encarrilados. Y aquí tenemos que atrapar a un asesino.

—Estábamos a punto de llamarte, Lindsay —afirmó Tracchio—. El director adjunto me ha explicado lo bien que manejaste la situación en Portland.

—¿A qué situación se refieren? —Una ojeadita a Molinari.

—Al homicidio de Propp, desde luego. —Me indicó que me sentara—. Dijo que ayudaste con tu teoría acerca de los crímenes.

—De acuerdo —le entregué el correo electrónico de Cindy—, entonces esto te va a encantar.

Tracchio lo ojeó y se lo entregó a Molinari.

—¿Esto se lo enviaron a la misma reportera del *Chronicle*? —preguntó Tracchio.

—Parece que tienen una verdadera sala de *chat* entre ellos —replicó Molinari al leerlo—. Podríamos aprovecharlo. —Frunció los labios—. Acabo de pedirle al jefe si puede usted trabajar directamente con nosotros. Necesitamos ayuda aquí. Necesito un lugar para trabajar. Quiero participar en todo, teniente. En sus oficinas, a ser posible. Funciona mejor así.

Nuestras miradas se encontraron. Sabía que no estábamos jugando. Se trataba de la seguridad nacional.

—Le encontraremos un lugar, señor. Para que participe en todo.

56

Molinari me aguardaba en el pasillo, y en cuanto Roach se metió en el ascensor le dirigí un gesto de reproche.

—¿Muy pronto, eh?

Me siguió escaleras abajo hasta mi despacho.

—Oye, tenía que calmar los ánimos de la sucursal del FBI allá. En estos asuntos hay mucha politiquería, lo sabes.

—En todo caso, me alegro de que estés aquí. —Le sostuve la puerta de las escaleras y la dejé cerrar—. No tuve oportunidad de darte las gracias por el vuelo. Así que gracias.

Ya en nuestras dependencias, despejé un reducido despacho para él. Me dijo que había rechazado algo más adecuado a su rango, más privado, en la quinta planta, cerca del jefe.

No era mala cosa tener al Departamento de Seguridad Nacional trabajando codo con codo con nosotros, aunque Jacobi y Cappy me miraron como si me hubiese pasado a las líneas enemigas. Al cabo de dos horas, Molinari rastreó el origen del último correo electrónico a un café de Internet llamado Bar KGB, en Hayward, un bar muy popular entre los estudiantes al otro lado de la bahía.

También averiguó quién era Marion Delgado, el nombre de usuario de la última dirección del Hotmail.

Cubrió mi escritorio con un fax de los ordenadores del FBI. Se trataba de un antiguo artículo, con una foto de grano grueso de un chiquillo sonriente y dientes separados que vestía un delantal de colegial rural y llevaba un ladrillo en una mano.

—Marion Delgado. En 1967, con cinco años de edad, hizo descarrilar un tren de mercancías con un ladrillo.

—¿Algo te hace pensar que esto es importante para la investigación?

—Marion Delgado se convirtió en un grito de guerra para los revolucionarios de la década de 1960. Un chiquillo de cinco años que detuvo a un tren. Su nombre se utilizó como alias para frustrar la vigilancia encubierta. Los del FBI pinchaban teléfonos como locos en un intento por infiltrar a los Weathermen. Acumularon una lista de cientos de mensajes de Marion Delgado.

—¿Qué estás diciendo? ¿Qué uno de los antiguos Weathermen está detrás de este lío?

—No nos vendría mal conseguir los nombres de los miembros conocidos en aquella época que no han sido detenidos.

—Buena idea. —Abrí mi escritorio y saqué mi pistola—. Mientras tanto, ¿quieres acompañarme al bar KGB?

57

Siguiendo la larga tradición de los antros de la contracultura, donde un policía era tan bienvenido como quien se dedica a reclutar estudiantes para la Unión de Libertad Civiles en una convención de cabezas rapadas, el nivel del bar KGB alcanzaba cotas aún más bajas que las de costumbre. Constaba de estrechas filas de astilladas mesas de pino a las cuales se sentaban marginados sociales apoltronados frente a pantallas de ordenador; además de una mezcla de gentuza chupando colillas de cigarrillos en la barra. Al principio no hubo mucho más que me llamara la atención.

—¿Seguro que estás preparado para esto? —murmuré a Molinari—. Me costará dar explicaciones si te golpean en la cara aquí.

—Fui fiscal en Nueva York —Molinari dio un paso adelante—. Me encanta esta mierda.

Abordé al camarero, un escuálido tipo con cara de ratón, camiseta con todos los músculos diseñados, tatuajes de arriba abajo en los brazos y una larguísima cola de caballo. Como no me hizo caso durante unos quince segundos, me incliné y establecí contacto visual.

—Pasábamos por aquí y nos preguntamos si a alguien le gustaría apoyar nuestra campaña en Chad.

Ni media sonrisa. Sirvió una cerveza para un negro que lucía un gorro africano, sentado a dos taburetes de nosotros.

—De acuerdo, somos polis —dejé caer mi placa en la barra—, me calaste enseguida.

—Lo siento, somos un club privado —aseguró el camarero—. Necesito ver un carné de miembro.

—Eh, exactamente como Costco, las tiendas de venta al por mayor de productos de lujo a precios reducidos —solté, con una mirada dirigida a Molinari.

—Sí, como Costco —sonrió el camarero.

Molinari se inclinó y asió la mano de «Cola de caballo» cuando éste iba a servir la cerveza. Colocó frente a su cara una placa de plata que rezaba DEPARTAMENTO DE SEGURIDAD NACIONAL.

—Quiero que escuches con atención. Voy a coger mi teléfono. En unos diez segundos un grupo de agentes del FBI irrumpirá aquí y en un abrir y cerrar de ojos harán trizas este lugar. A primera vista, yo diría que aquí hay unos quince o veinte mil dólares en ordenadores, y ya sabes lo torpes que son esos mentecatos cuando cargan pruebas pesadas. Así que tenemos que hacerte unas preguntas.

Cola de Caballo le echó una mirada envenenada.

—¿Qué te parece, *Six-pack*? —tomó la palabra el negro con el gorro africano—. Dadas las circunstancias, podríamos obviar, por una vez, lo del carné de miembro.

Se volvió hacia nosotros; bajo la gorra lucía una alegre sonrisa.

—Soy Amir Kamor —se presentó—. Six-Pack no hacía sino expresar su deseo de mantener el nivel habitual de la clientela. No hacen falta las amenazas. ¿Puedo invitarlos a mi despacho?

—«¿Six-Pack?» —Contemplé al camarero y puse los ojos en blanco—. Muy creativo.

Situado al fondo, un atestado cubículo privado, con paredes cubiertas de carteles y noticias de acontecimientos —cosas relacionadas con el activismo, concentraciones a favor de los pobres, libertad para Timor Oriental, sida en África— en el que apenas cabía una mesa.

Entregué a Amir Kamor mi tarjeta de homicidios y él asintió, como si lo hubiese impresionado.

—Dijo que tenía unas preguntas.

—¿Estaba usted aquí anoche, señor Kamor? —empecé—. ¿Hacia las diez?

—Estoy aquí cada noche, teniente. Ya sabe cómo es el negocio de la comida y las bebidas alcohólicas. Todo depende de quien tiene el control de la caja registradora.

—Anoche mandaron un correo electrónico desde aquí, a las diez y tres minutos de la noche.

—Mandan mensajes desde aquí cada noche. La gente nos utiliza para airear sus ideas. A eso nos dedicamos. A airear ideas.

—¿Tiene manera de comprobar quién estuvo aquí? ¿Alguien fuera de lo común?

—Cualquiera que viene aquí se sale de lo común. —Kamor sonrió, pero no lo imitamos—. A las diez, dice usted... El local estaba lleno. Ayudaría que me dijera a quién buscan o lo que ha hecho.

Extraje la foto de Wendy Raymore y los retratos robot de la mujer que acompañó a George Bengosian. Kamor las estudió y se le formaron surcos en la ancha frente. Suspiró profundamente—. Puede que las haya visto a lo largo de los años o puede que no. Nuestros clientes van y vienen.

—De acuerdo. ¿Y éstos? —Saqué las fotos del FBI de Seattle. Una a una, las ojeó y se limitó a sacudir la cabeza.

De repente vi que echó un segundo vistazo a una de ellas y parpadeó.

—Ha reconocido a alguien...

—No fue más que una impresión —negó de nuevo—. No lo creo, en serio.

—No. Reconoció a alguien. ¿A quién?

Coloqué de nuevo las fotos en la mesa.

—Recuérdeme, *madame* teniente —Kamor levantó la mirada—, por qué habría de querer ayudar a la policía. Su estado se cimienta en la corrupción y la avaricia. Como personas que hacen cumplir su voluntad, ustedes forman parte de sus cimientos.

—Supongo que siempre queda esto. —Molinari acercó lo más que pudo el rostro al del asombrado Kamor—. En realidad me da igual con qué se hacen la paja aquí, pero debe saber bajo qué ley de la seguridad entrarán estos crímenes. Y no hablamos de negar pruebas, señor Kamor. Hablamos de traición y conspiración terrorista. Examine las fotos otra vez, por favor.

—Créame, señor Kamor —añadí, y nos miramos a los ojos—, no querrá ni acercarse al calor de este caso.

Las venas de su cuello se hincharon. Bajó los ojos y hojeó las fotos.

—Puede... No lo sé... —masculló.

Tras vacilar un rato, separó una.

—Está diferente ahora. Lleva el cabello más corto, no tanto como el de un *hippie*. Luce barba. Ha estado aquí.

Stephen Hardaway. Alias Morgan Bloom. Alias Mal Caldwell.

—¿Es un habitual? ¿Cómo podemos encontrarlo? Esto es importante.

—No lo sé. —Kamor sacudió la cabeza—. Es la verdad. Lo recuerdo. Vino un par de veces hace tiempo. Creo que era del Norte.

—Otra cosa... —Kamor tragó saliva—. Y recuerden esto la próxima vez que irrumpan aquí y me priven de mis derechos.

Empujó otra foto. Otro rostro que conocía.

—Ésta. La vi aquí anoche.

Teníamos la vista clavada en Wendy Raymore, la *au pair*.

58

No llevábamos cinco segundos en el coche y, exaltados, Molinari y yo ya chocábamos los cinco. Director adjunto o no, se había desenvuelto muy bien.

—Eso estuvo bien, Molinari. —Me costó reprimir una sonrisa. «Y sabes lo torpes que pueden ser esos policías cretinos cuando arrastran pruebas contundentes...»

Nuestras miradas se encontraron y permanecieron así un momento. Volví a percibir el nerviosismo y la atracción. Puse el coche en marcha.

—No sé lo que se supone que tienes que comunicar tú —expuse—, pero creo que deberíamos empezar por llamar e informar.

Molinari pulsó el botón de llamada rápida y dio el nombre y los alias de Hardaway. Obtuvimos una respuesta rápida. Su expediente en Seattle detallaba un pasado criminal. Posesión de armas, robo de armas, robos de bancos. Por la mañana lo sabríamos todo acerca de él.

De repente me di cuenta de que no tenía noticias de Jill.

Tengo que hacer una llamada —expliqué a Molinari, y marqué el número del móvil de mi amiga.

Su contestador automático saltó.

—Fiscal del distrito Jill Bernhardt, buenos días...

Maldita fuera; Jill solía llevar el móvil encendido. Sin embargo, recordé que me había dicho que la esperaba un largo día en los tribunales.

—Soy yo, Lindsay. Son las dos. ¿Dónde has estado? —Quería decir más, pero no me encontraba a solas—. Llámame. Quiero saber cómo estás.

—¿Pasa algo? —preguntó Molinari cuando colgué.

Sacudí la cabeza.

—Una amiga... Puso a su marido de patitas en la calle anoche.

Íbamos a conversar. Lo que pasa es que el tipo ha resultado ser un auténtico gilipollas.

—Entonces tiene suerte. Tiene una amiga que es policía.

La idea me divirtió. Suerte por tener una policía por amiga. Pensé en telefonearla a la oficina, pero devolvería mi llamada en cuanto conectara el teléfono.

—Créeme, sabe cuidarse.

Subimos la rampa del Bay Bridge. Ni siquiera me hizo falta la luz del techo, pues casi no había tráfico.

—Eso sí que fue fácil. Por fin una buena racha.

—Oye, Lindsay... —Molinari se volvió hacia mí y cambió de tono.

—¿Qué te parece cenar conmigo esta noche?

—¿Cenar? —Lo pensé un segundo—. Creo que no sería muy buena idea.

Molinari asintió, resignado, como si hubiera hablado de más.

—De todos modos, los dos tenemos que comer... —Una sonrisa se curvó en sus labios.

Las palmas de mis manos sudaban en el volante. Caramba. Existían cientos de razones por las cuales estaría mal hacerlo. Pero, qué demonios, nosotros también teníamos una vida que vivir.

Lo miré y sonreí.

—Sí, tenemos que comer.

59

El último correo electrónico hizo que Cindy se echara atrás en su silla. Por una vez, no sólo escribía sobre un incidente, sino que formaba parte de él.

Se sintió ligeramente asustada. Y ¿quién podía culparla, dado lo que estaba sucediendo? Pero por primera ocasión en su carrera también tenía la impresión de estar haciendo algo bien. Y eso le levantó los ánimos. Respiró hondo y se enfrentó a la pantalla del ordenador.

«Lo de Portland no fue cosa nuestra», decía el mensaje.

Pero ¿por qué negar la autoría del asesinato? ¿Por qué un rechazo tan corto y nada más?

Para distanciarse de los otros. Para distinguir su cruzada del asesinato simulado. Eso parecía obvio.

No obstante, ese nudo en el estómago le decía que había algo más.

Tal vez presionaba demasiado. Pero ¿y si detrás de aquella negación había algo más, un atisbo de *conciencia*?

«No, es una locura», pensó. Esta gente había hecho volar por los aires la casa de Morton Lightower, con su mujer y un niño incluidos. Había embutido un horrible veneno en la garganta de Bengosian. Aunque había salvado a la pequeña Caitlin.

Otra cosa... sospechaba que su corresponsal era una mujer. Se había referido a sus «hermanas sometidas» y la había elegido a ella. Había muchos otros reporteros en la ciudad. ¿Por qué ella?

Se le ocurría que si existía una pizca de humanidad en esta persona, tal vez pudiese llegar a ella, acceder a ella. Hacer que revelara algo, un nombre, un lugar. Tal vez fuese la *au pair,* tal vez sí que tuviese un corazón.

Hizo crujir los nudillos y se inclinó sobre el teclado. «Ahí va...»
Escribió:

Dime, ¿por qué hacéis estas costas? Creo que eres una mujer. ¿Lo eres? Existen mejores modos de alcanzar tus objetivos que matar a gente que el mundo considera inocente. Puedes utilizarme. Puedo difundir el mensaje. Por favor... Te dije que te escuchaba... Y es cierto... Utilízame. Por favor... No matéis más.

Lo releyó. Era un tiro a ciegas, al azar.

Hizo una pausa y comprendió que si lo mandaba se vería involucrada de verdad y su vida entera cambiaría.

«Sayonara» susurró a su vieja existencia, la que observaba y escribía pasivamente. Pulsó el botón de enviar.

60

Trabajar el resto del día me supuso un gran esfuerzo. Me reuní una hora con Tracchio y pedí a Jacobi y Cappy que regresaran a los bares en torno a Berkeley con la foto de Hardaway. De vez en cuando mi mente se distraía y el corazón me palpitaba con mayor fuerza al pensar en la velada que me esperaba. Pero, como dijo Joe Molinari, teníamos que comer.

Más tarde, en casa, en la ducha, mientras aspiraba un fresco aroma a lavanda y me quitaba la suciedad del día, una sonrisa culpable apareció en mi rostro. «Aquí me tienes, con una copa de *Sancerre* en el borde en la bañera y la piel que me hormiguea como si fuera una chica de quince años en su primera cita.»

Me apresuré a arreglar ligeramente el piso: puse en orden los libros, comprobé cómo estaba el pollo en el horno, di de comer a *Martha*, orienté la mesa hacia la bahía. Y entonces recordé que no sabía nada de Jill. Qué locura. Envuelta todavía con la toalla y con el cabello mojado, la llamé.

—Esto se está volviendo ridículo. Vamos, contéstame. Necesito saber cómo estás...

Estaba a punto de llamar a Claire por si ella sabía algo de Jill cuando sonó el timbre.

El de la puerta.

«Vaya, si apenas son las 7:45»

Molinari llegaba pronto.

Me envolví el cabello con otra toalla y, con saltitos frenéticos, bajé la luz de las lámparas, saqué otra copa de vino y finalmente fui a la puerta.

—¿Quién es?

—La avanzadilla de Seguridad Nacional —contestó a gritos Molinari.

—Sí, pues has llegado pronto, Seguridad Nacional. ¿Nunca te han dicho que debes llamar desde abajo?

—Nosotros solemos pasar eso por alto.

—Mira, voy a dejarte entrar, pero no mires. —Me costaba creer que estaba allí envuelta en una toalla—. Voy a abrir.

—Tengo los ojos cerrados.

—Más te vale. —*Martha* se me acercó—. Tengo un perro muy protector...

Abrí la puerta, la abrí lentamente.

Allí se encontraba Molinari, con la chaqueta echada sobre los hombros, un ramo de narcisos y los ojos bien abiertos.

—Lo prometiste. —Di un paso atrás, sonrojada.

—No te sonrojes. —Molinari permaneció quieto y sonriente—. Estás despampanante.

—Ésta es *Martha*. Pórtate bien, *Martha*. De lo contrario Joe te meterá en una perrera en Guantánamo. Lo he visto trabajar.

—Hola, *Martha*. —Molinari se agachó. Le acarició la cabeza detrás de las orejas hasta que la perra cerró los ojos—. Tú también estás despampanante, *Martha*.

Se levantó y estreché la toalla. Él sonrió un poco más.

—¿Crees que *Martha* se alteraría si dijera que me muero por ver lo que hay debajo de la toalla?

Sacudí la cabeza y la toalla que me cubría la cabeza cayó al suelo.

—¿Qué tal esto?

—No es exactamente lo que tenía en mente.

—Mientras vosotros habláis —dije y retrocedí—, me voy a vestir. Hay vino en la nevera, vodka y escocés en la encimera. Y un pollo en el horno, por si te apetece rociarlo con su jugo.

—Lindsay.

Me detuve.

—Sí.

Dio un paso hacia mí. Se me paró el corazón, salvo por la parte que palpitaba violentamente fuera de control.

Me puso las manos en los hombros. Me estremecí y me mecí ligeramente bajo sus manos. Acercó su rostro al mío.

—¿Cuánto dijiste que tardaría en estar listo el pollo?

—Cuarenta minutos. —Cada vello en mi cuerpo se me puso de punta—. Más o menos.

—Qué pena... —Molinari sonrió—, pero tendrá que bastar.

Y así, como si nada, me besó. Su boca resultaba fuerte y en cuanto me tocó los labios me recorrió un tremendo calor. Me gustó su beso y lo besé a mi vez. Me recorrió la espalda con las manos, me estrechó. También me agradó su tacto. Qué demonios, me agradaba *él*.

La toalla se me cayó del cuerpo.

—Tengo que advertirte que *Martha* se pone echa una furia si alguien se equivoca.

Él echó un vistazo a *Martha*, hecha una bola.

—No creo que me equivoque.

61

Joe Molinari estaba frente a mí; la ropa de cama, arrugada alrededor de nosotros. Me fijé que era aún más guapo de cerca. Tenía los ojos de un azul profundo, con un hermoso brillo.

No sabía cómo describir lo bien que me sentía, lo natural que se me antojaba, lo correcto. No me esperaba los ligeros estremecimientos en la espalda, pero resultaban definitivamente agradables. Hacía dos años que no experimentaba nada igual y aquello fue... diferente. No lo sabía todo acerca de Molinari. ¿Quién era fuera de la oficina? ¿Qué lo esperaba en casa? En realidad, en aquel momento me importaba un bledo. Sencillamente me sentía bien. Y con eso me bastaba.

—Puede que sea un momento extraño para hacerte esta pregunta, pero ¿cuál es tu situación personal en el Este?

Molinari suspiró.

—No es complicada. Suelo involucrarme con las internas y las subordinadas que me encuentro en mis casos. —Sonrió.

—Vamos. —Me senté—. Es una pregunta legítima después de practicar el sexo.

—Estoy divorciado, Lindsay. Salgo con mujeres de vez en cuando, cuando tengo tiempo. —Me acarició el pelo—. Si te estás preguntando si esto ocurre muy a menudo...

—¿Qué quieres decir con «esto»?

—Ya sabes. *Esto.* Donde estamos. En una misión.

Se volvió y me encaró.

—Para que no quepan dudas, estoy aquí porque en el momento en que entraste en esa reunión... pues... empezaron a sonar campanas. Y desde entonces, lo único que me ha impresionado más que lo buena que eres en tu trabajo es lo preciosa que estabas cuando te quité la toalla.

Respiré y observé esos ojos tan azules.

—Asegúrate de que no eres un capullo, Joe Molinari.

De pronto me senté violentamente.

—Ay, Dios, la cena.

—Olvida el pollo. —Molinari sonrió y me estrechó aún más—. No hace falta que comamos.

El teléfono sonó. «¿Y ahora qué?»

Mi primer impulso consistió en dejarlo sonar. Esperé a que el contestador automático se disparara.

Pero oí la voz, la de Claire, y hablaba con un tono urgente.

—Lindsay, estoy preocupada. Contesta si estás en casa. ¿Linds?

Parpadeé, me moví hacia la mesita de noche y busqué el teléfono.

—Claire. ¿Qué pasa?

—Gracias a Dios que te encuentro. —Su voz me sonó tensa, cosa poco habitual en ella—. Es Jill. Estoy en su casa, Lindsay. No está aquí.

—Tenía un juicio. ¿Has llamado a la oficina? Probablemente tenga que trabajar hasta tarde.

—Claro que la llamé a la oficina —espetó Claire—. Jill no se presentó hoy.

62

Me erguí como un rayo, confundida y también asustada. No tenía sentido.

—Dijo que tenía un juicio, Claire. Estoy segura.

—Y lo tenía, Lindsay. Pero no se presentó. Llevan todo el día buscándola.

Apoyé la espalda contra la cabecera. Era impensable que Jill no fuera a trabajar y no llamara para avisar.

—Jill no es así.

—No. No es así en absoluto.

Me preocupé.

—Claire, ¿sabes lo que está ocurriendo? ¿Qué ha pasado con Steve?

—No. ¿De qué estás hablando?

—Quédate ahí.

Colgué y permanecí inmóvil un segundo.

—Lo siento, Joe. Tengo que irme.

Unos minutos más tarde conducía a toda velocidad por la 23 rumbo a Castro. Revisé todas las posibilidades. Jill estaba deprimida. Necesitaba espacio. Había ido a casa de sus padres. Cualquiera podía ser verdad. Pero Jill nunca, *nunca* dejaría de presentarse a un juicio.

Finalmente aparqué frente a su casa en Buena Vista Park. Lo primero que vi fue su coche azul zafiro 535 aparcado en la entrada.

Claire me aguardaba en el porche. Nos abrazamos.

—No contesta —dijo—. Llamé al timbre, di porrazos a la puerta.

Miré alrededor y no vi a nadie.

—Odio hacer esto —declaré. Rompí un cristal en la puerta, metí la mano por el hueco. Se me ocurrió que Steve podría haber entrado también... con toda facilidad.

La alarma se disparó enseguida. Como conocía el código, 63442, el número de empleada de Jill, lo pulsé, a la vez que trataba de pensar si el hecho de que funcionara era buena señal.

Encendí una luz.

—¡Jill! —llamé.

Entonces oí a *Otis* ladrar. El labrador llegó corriendo desde la cocina.

—Hola, chico —le di unas palmaditas en el lomo. Parecía contento por ver un rostro familiar—. ¿Dónde está mamá? —Sabía que Jill nunca lo abandonaría. Tal vez a Steve, sí, pero no a *Otis*.

—Jill... Steve —los llamé por toda la casa—. Somos Lindsay y Claire.

Jill había reformado su casa hacía un año. Sillones estampados, paredes color melón, un mullido sofá de piel y una mesita para café. La residencia se hallaba a oscuras y silenciosa. Registramos las habitaciones que tan bien conocíamos. Ninguna respuesta. Nada de Jill.

Claire exhaló el aire y dijo:

—Esto me está poniendo los pelos de punta.

Asentí y le apreté un hombro.

—A mí también.

—Adelante. Voy a ver arriba. *Vamos* a ver, las dos.

Mientras subíamos no pude evitar imaginarme a un Steve enloquecido saliendo de una habitación dispuesto a cargar contra nosotras, como en una película de horror para adolescentes.

—Jill, Steve —volví a gritar. Saqué mi pistola, por si acaso.

Ninguna respuesta. Las luces de la habitación de matrimonio estaban apagadas. La cama estaba hecha. Los artículos de tocador y el maquillaje de Jill se encontraban en el cuarto de baño.

El portafolios de Jill.

Jill no iba nunca a ningún sitio sin su «oficina ambulante». Era motivo de broma entre nosotras. Ni siquiera iba a la playa sin su maldito trabajo.

Recogí una prenda de ropa por el tirante con suavidad. Me reuní con Claire en el pasillo. Ella había revisado las otras habitaciones.

—Nada.

—No me gusta esto, Claire. Su coche está en la entrada. —Mis ojos se dirigieron hacia el portafolios—. *Esto...* Ha dormido aquí, Claire, pero no fue a trabajar.

63

No tenía idea de cómo ponerme en contacto con Steve.

Era tarde, quién diablos sabría dónde se alojaba. Además, Jill sólo llevaba un día desaparecida. Podría presentarse y cabrearse por todo este lío. No había nada que hacer, sino esperar y dejar que nos devorara la preocupación y, en mi caso, la culpa.

Llamé a Cindy, y acudió al cabo de quince minutos. Claire habló con Edmund y le dijo que se quedaría un rato, tal vez la noche entera.

Nos pusimos cómodas en los sofás del estudio de Jill. Cabía la posibilidad de que hubiese cambiado de opinión y hubiese ido a ver a Steve, quién sabía adónde.

Hacia las once sonó mi móvil. Sólo era Jacobi, para decirme que nadie en los bares de Berkeley que habían visitado admitía reconocer a Hardaway. Entonces permanecimos sentadas, sin hablar. No recuerdo a qué hora nos quedamos dormidas.

Desperté varias veces porque creí haber oído algo.

—¿Jill? —pero no era ella.

Lo primero que hice por la mañana fue ir a casa. Joe había hecho la cama y había dejado el apartamento arreglado. Me duché y llamé a la oficina para informar de que llegaría tarde.

Una hora más tarde fui al despacho de Steve en el centro financiero. Dejé el Explorer en la calle. Cuando empujé las puertas y entré en sus oficinas apenas era capaz de controlar el pánico.

Steve se hallaba allí mismo, en la recepción, volcado casi por completo sobre la recepcionista. Con la pierna posada sobre una silla, tomaba un café.

—¿Dónde está? —pregunté.

Debí asombrarlo, porque el café le salpicó la camisa Lacoste.

—¡Qué demonios, Lindsay! —Alzó las manos.

—A tu despacho —ordené con una dura mirada.

—¿Señor Bernhardt? —exclamó la recepcionista.

—No pasa nada, Stacy. Es una amiga.

«Sí, claro.»

En cuanto entramos en el despacho principal, cerré de un golpe la puerta.

—¿Estás loca, Lindsay?

Lo lancé sobre una silla.

—Quiero saber dónde está, Steve.

—¿Jill? —Me enseñó las palmas de las manos y dio toda la impresión de sentirse confuso.

—Corta el rollo, hijo de puta. Jill ha desaparecido. No se presentó en el trabajo. Quiero saber dónde está.

—No tengo la menor idea. ¿Qué quieres decir con que ha «desaparecido»?

—Tenía un juicio ayer, Steve, —perdí el control—, y no se presentó. ¿Te suena a Jill? Tampoco fue a casa anoche. Su coche está allí. Y su portafolios. Alguien entró en su casa.

—Creo que estás ligeramente confundida, teniente —contestó con una risa socarrona—. Jill me echó de casa la otra noche. Cambió las cerraduras de la fortaleza Bernhardt.

—No juegues conmigo, Steve. Quiero saber lo que has hecho. ¿Cuándo fue la última vez que la viste?

—¿Qué te parece hacia las once de la otra noche, a través de la ventana de mi sala de estar, mientras aporreaba la jodida puerta, tratando de entrar en mi propia casa?

—Me dijo que pasarías ayer por la mañana a recoger tus cosas.

La rabia destelló en sus ojos.

—¿Qué coño es esto, un interrogatorio?

—Quiero saber dónde pasaste la noche del viernes... —lo observé con dureza— y todo lo que hiciste el sábado por la mañana antes de venir a trabajar.

—¿Qué pasa? ¿Necesito un abogado, Lindsay?

No respondí; me limité a darle la espalda y salir de allí. Por Dios, ojalá *no* necesitara un abogado.

64

La rabia ya no describía lo que me desgarraba mientras regresaba al palacio de Justicia. La sensación era más profunda que la rabia. Cada vez que miraba por el retrovisor y me encontraba con mis propios ojos, pensaba: «He visto esos ojos antes».

En el trabajo. En los rostros de padres y esposas cuando alguien querido desaparecía. El pánico silencioso de que algo estaba a punto de ocurrir, algo que aún no había ocurrido. «Mantén la calma. Es pronto aún —les decimos—. Puede pasar cualquier cosa. Es pronto aún.»

Y eso mismo me decía a mí misma camino de la oficina. «Mantén la calma, Lindsay. Jill podría aparecer de un momento a otro...»

Sin embargo, al verme en el retrovisor, no podía dejar de pensar que era la misma mirada.

Una vez en el palacio de Justicia llamé a Ingrid Barros, la asistenta de Jill, pero se encontraba en una reunión en la escuela de sus hijos. Mandé a Lorraine y Chin a recorrer la calle de Jill en Buena Vista Park por si alguien había visto algo sospechoso. Hasta ordené que rastrearan las llamadas del móvil de Jill.

Alguien debía de haberla llamado. *Alguien* debía de haberla visto. No tenía sentido que hubiese desaparecido así como así. Jill no era la clase de persona dada a desaparecer.

Hice lo que pude por centrarme en el perfil de Stephen Hardaway a partir de la información que nos fue llegando durante el día. El FBI lo buscaba desde hacía un par de años y, aunque no formaba parte de la lista de los más buscados, empezaba a provocar nuestra suspicacia.

Se crió en Lansing, Michigan. Tras la secundaria se trasladó al Oeste y estudió en Reed College, en Portland. Allí empezó a aparecer en el sistema. Según los registros de Oregon, fue detenido por asalto con agravantes en una manifestación contra la OMC en la Universidad de Oregon. Fue uno de los sospechosos en varios robos de bancos en Eugene y Seattle. Luego, en 1999, lo pillaron en Arizona tratando de comprar detonadores a un mafioso que resultó ser, en realidad, un federal de la ATF. Fue entonces cuando Stephen Hardaway desapareció. Se fugó estando bajo fianza. Se rumoreaba que estaba implicado en una serie de robos a mano armada en Washington y Oregon. Sabíamos, pues, que iba armado, era peligroso y le gustaba poner bombas.

En los últimos dos años no se había sabido nada de él.

Hacia las cinco, Claire llamó a la puerta de mi despacho.

—Me estoy volviendo loca, Lindsay. Ven a tomar un café conmigo.

—Yo también me estoy volviendo loca. —Cogí mi bolso—. Deberíamos volver a llamar a Cindy.

—No te molestes. —Señaló pasillo abajo—. Ya está aquí.

Las tres fuimos a la cafetería de la primera planta. Al principio nos limitamos a dar vueltas a nuestras bebidas. El silencio prevalecía, tan espeso como la niebla de junio.

Finalmente respiré hondo.

—Creo que estamos todas de acuerdo. Jill no anda por ahí, sola y consumiéndose de pena. Le ha ocurrido algo. Cuanto antes lo reconozcamos, antes podremos averiguar de qué se trata.

—Sigo pensando que debe de haber una explicación —dijo Claire—. Quiero decir que conozco a Steve. Todas lo conocemos. No sería mi pareja ideal, pero no lo creo capaz de algo así.

—Sigue creyéndolo. —Cindy frunció el entrecejo—. Han transcurrido dos días.

Claire me miró.

—¿Te acuerdas de la vez que Jill tuvo que hacer escala en Salt Lake City al regresar de Atlanta y, mientras esperaban en el avión, echó un vistazo a la nieve en las montañas y exclamó: «¡A la porra, yo me largo!»? Se bajó del avión, alquiló un coche y esquió todo el día.

—Sí, lo recuerdo. —Aquel hecho me hizo sonreír—. Steve quería que fuera a una reunión con un unos clientes; su despacho

estuvo tratando de localizarla, y ¿dónde estaba? A tres mil tres-
cientos metros, con traje y esquíes alquilados, en un paraíso de nieve en polvo, pasando el mejor día de su vida.

La imagen trajo una sonrisa a todas nuestras caras, y algunas lágrimas.

—Eso es lo que creo. —Claire cogió una servilleta y se secó
los ojos—. Creo que está esquiando en nieve en polvo. Tengo que
creerlo.

65

Cindy se quedó hasta tarde ante su mesa esa noche, cuando sólo quedaba un puñado de corresponsales locales pendientes de las comunicaciones de la policía. En realidad, se dijo Cindy, no tenía adónde ir.

Lo de Jill la estaba matando; las estaba matando a todas.

Había corrido la voz. La desaparición de una ayudante del fiscal era noticia. El director de sucesos locales le preguntó si deseaba redactar el artículo. Sabía que eran amigas.

—Todavía no es una noticia —respondió ella. Redactarlo lo convertía en noticia. Le prestaba realidad.

En esta ocasión no era algo que le sucediera a un desconocido.

Contempló una foto de ellas cuatro que había en su cubículo. Las cuatro en Susie's, su habitual lugar de encuentro, en el reservado del rincón que ocuparon tras resolver el caso del novio y la novia. Unos cuantos cócteles margaritas les habían dejado el cerebro como un pantano. Jill aparecía invencible: una profesión con mucho poder, un marido poderoso... Nada dejaba entrever...

—Vamos, Jill —susurró, y sintió que se le humedecían los ojos. «Supéralo. Cruza ese umbral. Asoma tu preciosa carita, sonriente. Estoy rezando, Jill. Cruza ese jodido umbral.»

Las once pasadas. En la redacción no ocurría nada. Permanecer allí era su forma de mantener la vigilia, la esperanza. «Vete a casa, Cindy. Ya es de noche. Ya no puedes hacer nada.»

Un empleado de mantenimiento le guiñó un ojo mientras pasaba la aspiradora.

—¿Aún trabajando, señorita Thomas?

—Sí. —Suspiró Cindy—. Me estoy quemando las pestañas.

Por fin echó algunas cosas en su bolso y miró su ordenador una última vez antes de cerrar la sesión. Quizá llamara a Lindsay... sólo para charlar.

Un nuevo correo electrónico parpadeó en la pantalla.

Supo, sin abrirlo, de quién era. Toobad@hotmail.com.

Sabía cómo iba. Sabía que la advertían de una nueva víctima cada tres días. Era domingo, August Spies cumplía con su programa.

«Os lo advertimos —empezaba el mensaje—. Pero habéis sido arrogantes; no nos habéis hecho caso.»

—*Ay, Dios* —un gritito se escapó de la garganta de Cindy.

Continuó leyendo rápidamente pantalla abajo, asimiló el aterrador mensaje, la espeluznante rúbrica al final.

August Spies atacaba de nuevo.

66

Llegué a casa a las once de la noche, exhausta y con las manos vacías. Al pie de la escalera pensé unos momentos. Por la mañana, Jill formaría parte oficialmente de la lista de «desaparecidos». Y yo tendría que encabezar una investigación relativa a la desaparición de una de mis mejores amigas.

—Pensé que querrías saberlo —una voz desde arriba me pilló por sorpresa—. He tenido noticias de Portland.

Alcé la mirada y vi a Molinari, sentado en el escalón superior.

—Encontraron a una secretaria en la universidad de Portland State que filtró la ubicación de Propp a un novio. Rastrearon la pistola y era de él, un radical local. Pero sospecho que eso no va a alegrarte mucho esta noche.

—Creí que era un personaje importante, Molinari —dije, demasiado vacía y cansada para demostrar lo contenta que me sentía de verlo—. ¿Cómo es que acabas siendo siempre mi canguro?

Se puso en pie.

—No quería que pensaras que estás sola.

De repente fui incapaz de contenerme. La fuente de las lágrimas se derramó. Bajó y me abrazó. Me apretó mientras el llanto surcaba mis mejillas. Me dio vergüenza que me viera así; deseaba, por encima de todo, parecer fuerte, pero no lograba parar los sollozos.

—Lo siento —dije, e intenté controlarme.

—No. —Me acarició el pelo—. No tienes por qué fingir conmigo. Déjalo salir. No hay de qué avergonzarse.

«¡Algo le ha ocurrido a Jill!», quise gritar, pero tenía miedo de levantar la cabeza.

—Yo también lo siento. —Me estrechó aún más, luego me apretó suavemente los hombros y me miró a los ojos hinchados—. Trabajaba en el ministerio de Justicia —explicó, y me secó unas lá-

grimas—, cuando cayeron las Torres Gemelas. Conocía a gente
que murió allí. Algunos de los jefes de bomberos, John O'Neil, del
Departamento de Seguridad de las torres. Fui uno de los jefes del
equipo de respuesta rápida, pero cuando todos los nombres empezaron a llegar, gentes con las que había trabajado, no aguanté más.
Me fui al lavabo de los caballeros. Sabía que me exponía a perder
mi puesto, pero me senté en un retrete y me eché a llorar. Ése no es
motivo de vergüenza.

Abrí la puerta y entramos. Molinari me preparó un té mientras
yo me acurrucaba en el sofá, con el mentón de *Martha* en el regazo. No sabía lo que hubiera hecho a solas. Molinari vino y me sirvió el té. Me acurruqué contra él, con sus brazos sobre los hombros, mientras el té me calentaba. Permanecimos allí sentados largo tiempo. Y tenía razón. No había por qué avergonzarse.

—Gracias —suspiré contra su pecho.

—¿Por qué? ¿Por saber preparar té?

—Gracias, es todo. Por no ser uno de los capullos. —Cerré los
ojos. Durante un momento, todo lo malo se hallaba afuera, lejos de
mi cuarto de estar.

Entonces sonó mi teléfono. No me apetecía contestar. Me sentía a un millón de kilómetros de distancia y, por más egoísta que
fuera, me agradaba.

Pero luego pensé: «¿Y si es Jill?»

Agarré el aparato y oí la voz de Cindy.

—Lindsay, Gracias a Dios. Ha ocurrido algo malo.

Mi cuerpo se dobló. Me aferré a Molinari.

—¿Jill?

—No. August Spies.

67

Escuché, con una sensación espantosa, mientras Cindy me leía el último comunicado.

—«Os lo advertimos —dice—. Pero habéis sido arrogantes; no nos habéis hecho caso. No nos sorprende. Nunca hacéis caso. Así que hemos atacado de nuevo.» Lindsay, lo firma August Spies.

—Ha habido otro asesinato —expliqué, dirigiéndome a Molinari, y acabé de hablar con Cindy.

El mensaje entero informaba de que encontraríamos lo que buscábamos en el 333 de Harrison Street, cerca de los muelles de Oakland. Habían transcurrido *exactamente* tres días desde que Cindy recibió el primer correo electrónico. August Spies cumplía sus amenazas al pie de la letra.

Colgué y llamé a la brigada especial de la policía. Quería a nuestros hombres en la escena y todo el tráfico bloqueado hasta el puerto de Oakland. No tenía idea de a qué escenario nos enfrentaríamos ni cuántas vidas estaban implicadas, así que llamé a Claire y le dije que también fuera.

Molinari ya se había puesto la americana y estaba al teléfono. Tardé aproximadamente un minuto en prepararme.

—Vamos —dije, ya en la puerta—, será mejor que vengas conmigo.

Conduje como una posesa por la Calle 3 abajo hacia el puente con las sirenas aullando. A esa hora de la noche casi no había tráfico y el camino hacia el puente resultó viable.

Las comunicaciones empezaron a funcionar. La policía de Oakland había recibido la llamada de ayuda. Molinari y yo escuchamos a fin de averiguar a qué clase de escenario nos íbamos a enfrentar: un incendio, una explosión, ¿heridas múltiples?

Salí pitando del puente a la 880 y tomé la salida del puerto. Ya habían establecido un puesto de control policial. Dos coches patrulla con luces parpadeantes. Nos detuvimos. Vi el VW morado de Cindy detenido. Discutía con uno de los agentes.

—¡Súbete! —Le grité. Molinari enseñó su placa a un joven patrullero, cuyos ojos casi se le salieron de las cuencas—. Viene con nosotros.

Desde allí había un corto recorrido hasta el puerto. Harrison Street se encontraba justo junto a los muelles. Cindy explicó cómo recibió el correo electrónico. Traía una copia y Molinari lo leyó mientras yo conducía.

Al aproximarnos al puerto vimos luces parpadeantes verdes y rojas por todas partes. Diríase que todos los policías de la ciudad se encontraban allí.

—Vamos. Nos bajaremos aquí.

Los tres saltamos y corrimos hacia un viejo almacén de ladrillo con el número 333. Enormes elevadores se alzaban en la noche. Por todas partes se amontonaban grandes contenedores. El puerto de Oakland se encargaba de la mayor parte del tráfico de carga de la zona de la bahía.

Oí mi nombre. Claire saltó de su Pathfinder y corrió hacia nosotros.

—¿Qué tenemos?

—Aún no lo sé.

Por fin vi salir del edificio a un capitán de comisaría con el que había trabajado.

—¡Gene! —corrí hacia él. Con lo que sucedía no hacía falta preguntar.

—La víctima está tumbada en la primera planta. Un único disparo en la zona posterior de la cabeza.

Una parte de mí se encogió y otra se relajó. Al menos sólo había una víctima.

Subimos los empinados escalones de metal, Claire y Cindy detrás de nosotros. Un agente de Oakland trató de detenernos. Le enseñé mi placa y seguí mi camino. En el suelo vi un cuerpo parcialmente envuelto en una lona llena de sangre.

—Maldita sea. Esos cabrones.

Dos policías y un destacamento especial de urgencias se inclinaban sobre el cuerpo.

Había una nota sujeta con un alambre de metal a la lona: un conocimiento de embarque.

—«Os lo advertimos —leí en voz alta—. El Estado criminal no escapará a sus propios crímenes. Miembros del G-8, recobrad el juicio. Renunciad a la política colonizadora. Tenéis tres días más. Podemos atacar en cualquier lugar, en cualquier momento. August Spies.»

Debajo de la hoja vi las palabras en negrita. «Entregad esto al palacio de Justicia.»

Me quedé de piedra. Me invadió una ola de pánico. Durante un segundo me sentí incapaz de moverme. Miré a Claire, cuyo rostro se arrugó por la conmoción.

Empujé a un miembro del destacamento. Me arrodillé. Lo primero que vi fue la muñeca de la víctima: el brazalete aguamarina de David Yurman que tan bien conocía.

—Oh, no —resoplé—. No, no, no...

Quité la lona.

Era Jill.

CUARTA PARTE

68

De lo que sucedió a continuación sólo recuerdo algunas fragmentos. Sé que permanecí allí, incapaz de comprender lo que veía: el precioso rostro de Jill, ya sin vida; sus ojos con la mirada hacia el frente, límpidos, casi serenos.

—Oh, no, no... —reiteré una y otra vez.

Sé que se me doblaron las rodillas y alguien me sostuvo. La voz de Claire, rota:

—Ay, Dios, Lindsay...

No podía apartar la vista de la cara de Jill. Un hilo de sangre se le resbalaba desde la comisura de la boca. Alargué el brazo y le toqué la mano. Aún lucía la alianza.

Oí que Cindy se echaba a llorar y vi a Claire que la abrazaba. No dejaba de repetirme «No puede ser Jill. ¿Qué tiene que ver ella con August Spies?».

De repente, aunque aturdida, me puse manos a la obra. «Esto es el escenario de un crimen, Lindsay, el escenario de un homicidio.» Quería ser fuerte para Claire y para Cindy, para todos los policías alrededor.

—¿Alguien vio cómo llegó aquí? —pregunté—. Quiero que interroguen a todos en la zona. Tal vez alguien vio un vehículo.

Molinari trató de apartarme, pero me zafé de sus brazos. Tenía que echar un vistazo, encontrar algo. Siempre había algo, siempre se cometía algún error. «Gilipollas. August Spies. Escoria.»

De pronto apareció Jacobi, y Cappy, incluso Tracchio. Mi equipo.

—Deja que nos encarguemos nosotros —me pidió Cappy y, finalmente, se lo permití.

Empezaba a asimilar que se trataba de un caso real. Las luces de emergencia no eran imaginaciones mías. Jill estaba muerta. Asesinada, no por Steve, sino por August Spies.

Contemplé el levantamiento de su cuerpo. Mi amiga. Jill... Vi a Claire ayudar a colocarla en la furgoneta de la morgue y al vehículo partir con las sirenas aullando. Joe Molinari me consoló como pudo, pero tuvo que regresar al palacio de Justicia.

En cuanto la situación se calmó, Claire, Cindy y yo nos sentamos, bajo una ligera lluvia, en los escalones de un edificio adjunto. No cruzamos una sola palabra. En mi cabeza hacían eco varias preguntas para las cuales no poseía respuesta. «¿Por qué? ¿Cómo encaja esto? ¡Es un caso distinto! ¿Qué conexión tenía Jill?»

¿Cuánto tiempo permanecimos en esos escalones? No lo sé. Voces hablando con urgencia en medio de una suerte de neblina, luces parpadeantes. Cindy llorando, abrazada por Claire. Y yo, demasiado abotargada para hablar, con las manos apretadas en puños, dándole vueltas y más vueltas a la pregunta. «¿Por qué?»

Tampoco dejaba de recriminarme: «Ojalá hubiese ido a casa de Jill aquella noche. Nada de esto habría ocurrido...»

Súbitamente un timbre quebró el silencio. El teléfono móvil de Cindy. Contestó con voz trémula.

—Diga. —Inspiró hondo—. Estoy en el escenario del crimen.

La llamaban de la sección local del periódico.

Titubeante, trasmitió los detalles de lo ocurrido.

—Sí, parece que forma parte de una campaña de terror. La tercera víctima... —Describió la ubicación, el correo electrónico que había recibido en la oficina, la hora.

Se interrumpió. Sus ojos se volvieron vidriosos por las lágrimas. Se mordió el labio, como si le diera miedo dejar salir las palabras.

—Sí, la víctima ha sido identificada. Se llama Bernhardt... Jill —y lo deletreó.

Trató de continuar hablando, mas las palabras se le atragantaron. Claire la abrazó. Cindy inspiró hondo y se secó los ojos.

—Sí —añadió—. La señora Bernhardt era ayudante en jefe del fiscal de San Francisco...

Y, con un susurro, agregó:

—Y mi amiga.

69

Sabía que no podría pegar ojo esa noche. No quería ir a casa.

De modo que me quedé en el escenario del crimen hasta que se marcharon los equipos técnicos. Luego, durante una hora, más o menos, recorrí las calles desiertas del puerto en busca de alguien, un trabajador nocturno, un vagabundo, cualquiera que hubiese visto a la persona que se deshizo de Jill. Conduje con lágrimas en el rostro por miedo a volver a la oficina, por miedo a ir a casa; repasé repetidamente el horrible espectáculo; reviví el momento en que levanté la lona... ¡y descubrí a Jill!

Al parecer mi coche sabía, por sí mismo, adónde me dirigía. ¿Dónde, si no? ¡A las tres de la mañana! A la morgue.

Sabía que encontraría a Claire allí. Trabajando. Daba igual la hora. Porque era lo que único que la ayudaría a mantenerse entera. Con su bata azul, en el quirófano.

Bajo la misma intensa iluminación y sobre la misma camilla en que había visto a tantas víctimas antes, yacía Jill.

«Jill... ¡mi dulce, querida muchacha!»

Miré a través del cristal; las lágrimas me bañaban las mejillas. Pensaba que, de algún modo, le había fallado.

Finalmente, empujé las puertas acristaladas. Claire había practicado ya la mitad de la autopsia; como yo, hacía su trabajo.

—Será mejor que no te quedes, Lindsay —alegó, al verme, y cubrió con una sábana la herida expuesta de Jill.

—Quiero quedarme, Claire. —No me moví. No pensaba marcharme. Me hacía falta observar.

Ella contempló mi rostro hinchado y manchado de lágrimas. Asintió con un mínimo esbozo de sonrisa.

—Entonces, más vale que sirvas de algo: pásame la sonda de la bandeja de allí.

Le entregué el instrumento y acaricié la fría y dura mejilla de Jill con el dorso de la mano.

«¿Cómo es posible que no sea una pesadilla?»

—Daños extensos en el lóbulo derecho occipital —dictó Claire al micrófono sujeto a su solapa—, que coinciden con el trauma de un único disparo efectuado por detrás. Sin herida de salida; la bala sigue alojada en el ventrículo lateral izquierdo. Pérdida mínima de sangre en la zona afectada. Qué extraño... —murmuró.

Apenas la escuchaba de tan centrada que tenía la vista en Jill.

—Ligeras quemaduras de pólvora alrededor del cabello y el cuello indican un arma de pequeño calibre disparada a corta distancia —continuó.

Movió el cuerpo. La parte trasera expuesta del cráneo de Jill apareció en el monitor.

Eso sí que no me sentía capaz de mirarlo y aparté la mirada.

—Ahora estoy extrayendo del ventrículo izquierdo lo que parece un fragmento de una bala de pequeño calibre —prosiguió mi amiga—. Señales de grave ruptura, sintomática de esta clase de trauma, pero... muy poca hinchazón...

Observé cómo exploraba y extraía una bala aplastada. La dejó caer en un plato.

Un ramalazo de rabia me tensó. Parecía del calibre 22 y estaba aplastada y cubierta de salpicaduras secas de la sangre de Jill.

—Algo no encaja —manifestó Claire, perpleja. Me miró—. Esa zona debería de estar cubierta de fluido espinal. No hay hinchazón del tejido cerebral y muy poca sangre.

De repente apareció la Claire profesional.

—Voy a abrir la cavidad torácica —habló al micrófono—. Lindsay, no mires.

—¿Qué pasa, Claire? ¿Qué pasa?

—Algo no encaja.

Claire hizo rodar el cuerpo de nuevo y cogió un escalpelo. A continuación, deslizó el filo en línea recta desde lo alto del pecho de Jill.

Efectivamente, desvié los ojos. No deseaba ver a Jill en esas condiciones.

—Estoy practicando una esternotomía estándar —dictó Claire—. Estoy abriendo la zona pulmonar. La membrana pulmonar consiste en tejido suave... degradado, turbio... Ahora expongo el pericardio... —La oí respirar hondo—. *Joder.*

El corazón me dio un vuelco, se me puso a cien. Clavé la mirada en la pantalla.

—Claire, ¿qué pasa? ¿Qué ves?

—Quédate allí. —Alzó una mano a modo de advertencia. Había descubierto algo horrible. ¿Qué sería?

—¡Ay, Lindsay! —susurró, y por fin se atrevió a mirarme—. Jill no murió de un disparo.

—*¿Qué?*

—La falta de hinchazón, de hemorragia... —Sacudió la cabeza—. Recibió el disparo después de morir.

—¿Qué tratas de decirme, Claire?

—No estoy segura —alzó los ojos—, pero si tuviese que adivinarlo, diría que fue ricina.

70

Encontrarse en persona con Charles Danko era una experiencia siempre intimidante. Incluso en un lugar lujoso como el hotel Huntington de San Francisco. Danko encajaba en cualquier ambiente. Lucía una chaqueta de *tweed*, camisa a rayas verticales y una corbata de seda.

Ahora lo acompañaba una chica, bonita, de brillante melena pelirroja. Le encantaba sorprenderte con la guardia baja. «¿Quién será ella?»

A Mal le habían dicho que llevara una americana y hasta corbata, si conseguía una. La consiguió y se le antojó bastante divertida: de un rojo chillón con un estampado de diminutas cornetas.

Danko le estrechó la mano de modo muy formal: otro de sus gestos de distanciamiento. Abarcó el comedor con un gesto del brazo.

—¿Podría haber un lugar más seguro para reunirnos? ¡Dios mío, *el mismísimo Huntington!*

Miró a la chica y los dos se echaron a reír, no obstante, no se la presentó a Mal.

—Ricina —dijo Malcolm—. Es *brillante*. ¡Qué día! ¡Pillamos a Bengosian! Podemos hacer muchísimo daño aquí. Demonios, podríamos erradicar este antro del capitalismo en un plis plas. Ir al Mark y exterminar a otros cien chupa sangres. Coger el trolebús y sembrar la muerte en cualquier persona con la que nos crucemos.

—Sí, sobre todo porque hemos averiguado cómo concentrarla.

Malcolm asintió, pero con cierto nerviosismo.

—Creí que se trataba del G-8.

Danko volvió a mirar a la chica. Compartieron una sonrisa de superioridad. «¿Quién demonios es? ¿Qué demonios sabe?»

—Tu visión es demasiado estrecha, Mal. Ya hemos hablado de eso. Se trata, más que nada, de aterrorizar a la gente. Y vamos a espantarlos, no lo dudes. La ricina lo hará. Comparado con la ricina, el ántrax es algo de lo que sólo deberían preocuparse los animales de granja.

Clavó en el joven una mirada dura.

—¿Has preparado una entrega para mí? ¿De la ricina?

Mal, por su cuenta, había rehuido los ojos de Danko.

—Sí.

—¿Y más de tus explosivos?

—Podríamos hacer desaparecer el Huntington del mapa. Y el Mark. —Mal se permitió por fin una sonrisilla tímida—. De acuerdo, ¿quién es esta mujer?

Danko echó la cabeza hacia atrás y se rió.

—Es brillante, como tú. Es un arma secreta. Dejémoslo así. Sólo otro soldado. —Dicho esto, miró a la chica a los ojos—. Siempre hay otro soldado, Malcolm. Eso es lo que debería atemorizar a todo el mundo.

71

Michelle oyó voces en la otra habitación. Mal había regresado de su reunión. Julia estaba tan exaltada como si hubiese ganado la lotería, pero Michelle se sentía muy mal.

Sabía que habían hecho cosas terribles. El último asesinato no le había sentado bien. Pobre, bonita e inocente ayudante del fiscal. Había relegado al fondo de la mente la imagen de Charlotte Lightower y de la asistenta muertas en la explosión, gracias al hecho de que los niños estaban a salvo. Lightower, Bengosian, en cambio... eran escoria avariciosa y culpable.

Pero ésta. ¿Qué había hecho para formar parte de la lista? ¿Trabajar para el gobierno? ¿Qué había dicho Mal? «Ésta es por placer, para demostrar que podemos hacerlo.» Sólo que Michelle no se lo creía. Mal siempre tenía sus propios fines.

La pobre ayudante del fiscal supo que moriría desde el momento en que la obligaron a subir al camión. Sin embargo, no se rindió nunca. En ningún momento. A Michelle se le antojó realmente indomable. El verdadero crimen consistió en que nunca supo por qué la estaban matando. Ni siquiera quisieron darle esa satisfacción.

La puerta se abrió con un crujido y Mal entró, como si nada. A Michelle se le puso la piel de gallina al ver su expresión triunfante. Se acostó junto a ella. Apestaba a tabaco y alcohol.

—¿Qué le ha pasado a mi chica divertida?

—Esta noche, no —dijo Michelle, y una ligera tos se escapó de su pecho.

—Conque esta noche, no, ¿eh? —Mal sonrió.

Michelle se incorporó.

—Es que no lo entiendo. ¿Por qué ella? ¿Qué mal le ha hecho a nadie?

—Bueno, ¿qué mal hizo cualquier de ellos? —Mal le acarició el pelo—. Se equivocó de patrón, cariñín. Representaba al ogro, al Estado que sanciona el pillaje criminal del mundo. Eso es lo que hizo, Michelle. Representaba los carros de combate en Irak, Drumman y Dow Chemical y la OMC, todos juntos. No te dejes engañar por el hecho de que fuera bonita.

—En las noticias dijeron que ponía a asesinos tras las rejas y que incluso llevó la acusación contra algunos directores ejecutivos en casos de escándalos empresariales.

—Y yo te dije que no hicieras caso de las noticias, Michelle. A veces hay gente que hace cosas buenas y que muere. Aférrate a esa idea.

Le dirigió una mirada horrorizada. La tos en su pecho empeoró. Rebuscó su nuevo inhalador en la cama, pero Mal le inmovilizó la mano.

—¿Qué creías, Michelle? ¿Que estábamos metidos en esto sólo para deshacernos de un par de opulentos peces gordos? Nuestra lucha es contra el Estado. El Estado es muy poderoso. No va a ponerse patas arriba y morir mansamente.

Michelle se obligó a respirar. En ese instante se percató de que era distinta a Mal. A todos ellos. Y *él* la llamaba chiquilla. Se equivocaba. Una chiquilla no hacía las cosas horribles que ella había hecho. Resolló de nuevo.

—Necesito mi inhalador, Mal, por favor.

—Y yo necesito saber si puedo confiar en ti, cariñín. —Levantó el inhalador y le dio vueltas entre los dedos, como si fuera un juguete.

La respiración de Michelle se volvía cada vez más pesada, más entrecortada. Y Mal no hacía sino empeorarla, asustándola así. No sabía de qué era capaz.

—Puedes confiar en mí, Mal. Lo sabes —susurró.

—Sí que lo sé, Michelle. Pero no es por mí por quien estoy preocupado. Después de todo, trabajamos para alguien, ¿verdad, cariño? Charles Danko no perdona tan fácilmente como yo. Danko es lo bastante duro para ganarles en su propio juego. Es un genio.

Michelle le arrebató el inhalador a Mal, lo presionó dos veces y se llenó los pulmones de la tranquilizante dosis.

—¿Sabes lo bueno que tiene la ricina? —Mal sonrió—. Que entra en la corriente sanguínea de mil maneras.

Bajó el índice dos veces, como si estuviese oprimiendo un imaginario inhalador. Sonrió.

—*Chht, chht.*

Sus ojos revelaron un brillo que ella nunca le había visto.

—¡Guau!, eso sí que haría estragos en tu pecho, ¿verdad, cariño? *Chht, chht.*

72

Reinaba el caos aquella mañana en el palacio de Justicia. Nunca desde que entré en la policía me había sentido tan asustada.

Una ayudante de fiscal asesinada. La tercera víctima de August Spies.

A las seis, merodeaban por el lugar cientos de agentes federales: del FBI, del Departamento de Justicia y de la Agencia de Alcohol, Tabaco y Armas de Fuego. En la cuarta planta los reporteros atestaban la sala de prensa, a la espera de alguna información. En la primera plana del *Examiner* se leía en grandes titulares: «¿Quién será el siguiente?»

Estaba repasando uno de los informes del escenario del homicidio de Jill cuando Joe Santos y Phil Martelli me sorprendieron al llamar a mi puerta.

—Lamentamos mucho lo de la señora Bernhardt —dijo Santos, y entró.

Aparté los papeles y se lo agradecí con un gesto de la cabeza.

—Les agradezco que hayan venido.

Martelli se encogió de hombros.

—De hecho, no hemos venido a eso, Lindsay.

—Hemos decidido repasar nuestros registros sobre el caso Hardaway —explicó Santos, y tomó asiento. Sacó un sobre de color marrón—. Creemos que si está por aquí, como todo indica, tendrá que aparecer en algún lugar.

Extrajo una serie de fotos en blanco y negro.

—Ésta es de una concentración que estábamos vigilando. El 22 de octubre. Hace seis meses.

Tomas generales, que no se centraban en nadie en concreto. Sin embargo, un rostro destacaba rodeado por un círculo. Cabello rubio, mentón estrecho, barba rala. Embutido en un chaquetón militar oscuro, con tejanos y una bufanda que le llegaba hasta las rodillas.

La sangre empezó a bullirme. Fui a mi tablón y lo comparé con las fotos tomadas por el FBI en Seattle seis años antes.

Stephen Hardaway.

El hijo de puta había estado aquí hacía seis meses.

—Aquí es donde empieza a ser interesante. —Phil Martelli me guiñó un ojo.

Extendió otro par de fotos. Otra concentración. Hardaway de nuevo. Esta vez, de pie junto a alguien que reconocí.

Roger Lemouz.

Hardaway tenía un brazo sobre sus hombros.

73

Media hora más tarde aparqué en Durant Avenue, en la entrada sur de la universidad. Entré corriendo en Dwinelle Hall, donde se situaba el despacho de Lemouz.

Allí estaba el profesor, con una chaqueta de tweed y camisa de lino blanco, entreteniendo a una alumna pelirroja de cabellera suelta.

—La fiesta se ha terminado —declaré.

—Ah, *madame* teniente. —Sonrió... ese condescendiente acento de Eton u Oxford o de donde fuera—. Acabo de explicarle a Annette que, según Foucauld, las mismas fuerzas que suelen deprimir a la clase deprimen igualmente al género.

—Pues la clase se ha acabado. —Dirigí a la estudiante una expresión que decía a las claras: «Tienes diez segundos para que no te vea por aquí». Y eso fue lo que tardó, más o menos, en recoger sus libros y marcharse. Había que reconocérselo. La pelirroja me enseñó el dedo corazón al llegar a la puerta y le devolví el favor.

—Estoy encantado de volver a verla. —A Lemouz no pareció molestarlo y se acomodó de nuevo en su asiento—. En vista del triste asunto que apareció en las noticias esta mañana, me temo que el tema girará en torno a la política... y no en torno a los progresos de la mujer.

—Creo que lo juzgué mal, Lemouz. —Permanecí de pie—. Pensé que no era más que un pomposo agitador de tres al cuarto y resulta que es usted un verdadero activista.

Lemouz cruzó las piernas y me dirigió una sonrisa condescendiente.

—No estoy seguro de entender lo que quiere decir.

Saqué el sobre con las fotos de Santos.

—Lo que de veras me da un gustazo, Lemouz, es que soy *yo* la que mantiene su culo alejado de Seguridad Nacional. Si les paso su nombre y sus declaraciones públicas, la próxima vez que le vea será en una celda.

Lemouz se apoyó en el respaldo, sin reprimir una sonrisilla divertida.

—Y me está advirtiendo, teniente, ¿*por qué?*

—¿Quién ha dicho que se lo estoy advirtiendo?

Su expresión cambió. No tenía idea de lo que sabía acerca de sus actividades. ¡Qué placer!

—Lo que me divierte —Lemouz sacudió la cabeza— es que su bendita constitución se muestre ciega ante las personas que en este país llevan chador o poseen el acento equivocado y, en cambio, vea una amenaza a la sociedad libre cuando se trata de un par de empresarios y una bonita ayudante del fiscal.

Fingí no haber oído nada de lo que acababa de decir.

—Hay algo que quiero que vea, Lemouz.

Abrí el sobre y extendí sobre el escritorio las fotos que el FBI había tomado de Stephen Hardaway.

Lemouz se encogió de hombros.

—No lo sé... Puede que lo haya visto... No sé dónde. ¿Estudia aquí?

—No me está haciendo caso, Lemouz. —Dejé caer otra foto. Otra. Y una tercera. Las que Santos y Martelli sacaron y en las que figuraba Stephen Hardaway con el brazo encima de los hombros del profesor—. ¿Cómo puedo encontrarlo, Lemouz? ¿*Cómo?*

Él sacudió la cabeza.

—No lo sé. Estas fotos son de hace tiempo. Creo que era un profesor al que detuvieron después del 11-S. En otoño. Asistió a un par de nuestras concentraciones. No lo he visto desde entonces. De hecho, es más bien un conocido.

—Eso no me basta —insistí.

—No lo sé. Es la verdad, teniente. Era del Norte, de eso sí que me acuerdo. ¿Eugene? ¿Seattle? Anduvo con nosotros un tiempo, pero todo parecía aburrirle.

Por una vez, lo creí.

—¿Qué nombre usaba?

—No era Hardaway. Era Malcolm algo. Malcolm Dennis, creo. No sé dónde se encuentra ahora. No tengo la menor idea.

A una parte de mí le encantó ver que se deshacían sus aires de superioridad.

—Quiero saber otra cosa. Y esto quedará entre nosotros, ¿de acuerdo?

Lemouz asintió.

—Desde luego.

—El nombre August Spies. ¿Lo conoce?

Parpadeó. Su rostro recuperó el color.

—¿Es el nombre que utilizan?

Me senté y acerqué mi silla a la suya. Nunca antes había mencionado el nombre, *y él lo sabía*. Lo distinguí en su rostro.

—Dígame, Lemouz. ¿Quiénes son los August Spies?

74

—¿Ha oído hablar de la matanza en Haymarket? –me preguntó, como si fuese una de sus alumnas.

—¿La de Chicago?

—Muy bien, teniente. —Asintió—. Todavía no han erigido una estatua allí para conmemorarla. El primero de mayo de 1886, una manifestación sindical en masa recorrió Michigan Avenue. En aquel momento fue la mayor concentración obrera en la historia de Estados Unidos. Ochenta mil trabajadores, además de mujeres y niños. El primero de mayo se celebra en todo el mundo el día de los trabajadores. En todo el mundo, por supuesto —comentó con una sonrisa exasperante—, *menos en Estados Unidos.*

—Vamos al grano. No necesito un sermón político.

—La manifestación era pacífica —prosiguió Lemouz—, y en los dos días siguientes más y más mas trabajadores fueron a la huelga y se unieron al movimiento. Entonces, el tercer día la policía disparó contra la multitud. Dos manifestantes murieron. Al día siguiente se organizó otra manifestación. En Haymarket Square. Y en las calles Randolph y Des Plaines.

»Se lanzaron furiosos discursos contra el gobierno. El alcalde ordenó a la policía que dispersara a la multitud. Ciento setenta y seis polis de Chicago formaron una falange, entraron en la plaza y asaltaron a la multitud con sus porras. A continuación abrieron fuego. Cuando el polvo se dispersó, siete policías y cuatro manifestantes yacían muertos.

»La policía necesitaba cabezas de turco, así que detuvieron a ocho dirigentes sindicales, algunos de los cuales ni siquiera estuvieron presentes aquel día.

—¿Adónde me quiere llevar?

—Uno de ellos era un maestro llamado August Spies. Los juzgaron y los ahorcaron a todos. Por el cuello. Hasta la muerte. Más tarde, se demostró que Spies ni siquiera estuvo en Haymarket. En el cadalso dijo: «Si creéis que al ahorcarnos podéis sofocar el movimiento sindical, entonces, ahorcadnos. El suelo que pisáis está en llamas. *Que se oiga la voz del pueblo.*»

Lemouz me miró intensamente a los ojos.

—Un momento apenas anotado en la historia de su país, teniente, pero un momento que sería fuente de inspiración. Que, por lo visto, ya lo es.

75

Pronto moriría gente allí. De hecho, muchísima gente.

Sentado, Charles Danko fingía leer el *Examiner* bajo la gigantesca fuente del brillante patio cubierto de cristal del Rincon Center, junto a Market Street, en el centro de la ciudad, cerca de Bay Bridge. Desde arriba, una columna de agua de casi veintitrés metros se abatía con un impresionante fragor en una poco profunda charca.

«A los estadounidenses les gusta quedarse sobrecogidos», pensó. Les gustaba en las películas, en el arte pop y hasta en sus centros comerciales. «De modo que haré que se sobrecojan. Haré que se sientan sobrecogidos ante la idea de la muerte.»

El lugar herviría de actividad ese día, lo sabía. Los restaurantes del Rincon Center se preparaban para la multitud de comensales: una desbandada de mil o más personas de los bufetes de abogados, grandes inmobiliarias y de las asesorías fiscales del distrito financiero.

«Qué pena que no dure un poco más», se dijo Charles Danko, y suspiró como quien ha aguardado mucho tiempo un momento concreto. Resultaba que Rincon Center se había convertido en uno de sus lugares preferidos de San Francisco.

No dio señales de reconocer al bien vestido negro que se sentó delante de él, frente a la fuente. Sabía que aquel veterano de la guerra del Golfo se había dejado llevar por el pesimismo. Era de fiar, aunque tal vez algo nervioso.

—Mal dijo que podía llamarlo «profesor» —pronunció el negro entre dientes.

—¿Y tú eres Robert?

El hombre asintió.

—Eso, soy Robert.

Una mujer se puso a tocar en un piano de cola en el centro del patio. Cada día, de diez a doce, una melodía del *Fantasma de la ópera* impregnaba el gigantesco espacio.

—¿Sabes a quién buscar? —preguntó Danko.

—Lo sé —le aseguró el hombre—. Cumpliré con mi cometido. No tiene por qué preocuparse por mí. Soy muy buen soldado.

—No puedes equivocarte de hombre —insistió Danko—. Lo verás entrar en la plaza hacia la doce y veinte. La cruzará. Tal vez deje una propina a la pianista. Y entrará en el Yank Sing.

—Parece muy seguro de que estará allí.

Danko se dignó finalmente mirar al hombre y sonrió.

—¿Ves esa columna de agua, Robert? Cae de una altura exacta de veintiséis metros. Lo sé porque he estado sentado en este punto mucho tiempo. He calculado el ángulo que forma la línea imaginaria desde el centro del estanque y el punto de caída del agua con el plano de la base. Con esos datos, ha sido fácil calcular la altura. ¿Sabes cuántos días me he sentado y observado esta fuente, Robert? No te preocupes, estará allá.

Charles Danko se puso en pie. Dejó atrás un portafolios.

—Gracias, Robert. Estás haciendo algo muy valiente. Algo por lo cual poquísimas personas te elogiarán. Buena suerte, amigo. Eres un héroe hoy. «Y al mismo tiempo estás sirviendo mis propósitos.»

76

Nos despedimos de Jill en Highland Park una tarde fría y húmeda. Me había visto obligada a despedirme de otros seres queridos antes, pero nunca me sentí tan vacía, tan paralizada. Ni tan engañada.

El templo era una estructura de ladrillo y cristal con un luminoso santuario. El rabino era una mujer: a Jill le habría agradado. Todos asistieron. El jefe Tracchio, el fiscal Sinclair y algunos compañeros de su oficina. Claire, Cindy, y yo. Un grupo de amigas del instituto y de la universidad con las que Jill había mantenido el contacto a lo largo de los años. Steve también, por supuesto, aunque me resultaba insoportable dirigirle la palabra.

Nos sentamos y un coro local cantó un aria de *Turandot,* la preferida de Jill.

Bennett Sinclair pronunció unas palabras. Alabó a Jill como el miembro más dedicado de sus fiscales. Era un hueso duro de roer, pero no tanto como para sacrificar el respeto y la humanidad de la defensa.

—La mayoría de nosotros hemos perdido a una amiga —estrechó los labios—, pero la ciudad de San Francisco va a echar muchísimo de menos a una letrada.

Una compañera de clase de Stanford enseñó una foto de Jill en el equipo femenino de fútbol que llegó a la final nacional, y nos hizo reír al afirmar que no costaba saber quién estaba realmente centrada, pues Jill era la única del equipo que bromeaba diciendo que «una cita doble» significaba una cita con dos licenciaturas.

Me levanté y hablé brevemente.

—Todos conocían a Jill Meyer Bernhardt como una persona segura, de muy elevado potencial, una ganadora. La primera de su promoción en la facultad de Derecho. El índice más alto de condenas de la fiscalía. Escaló la aguja del sultán en Moab —dije—. Yo también la conocía por todo eso, pero sobre todo la conocí como la amiga cuyo mayor deseo no consistía en obtener condenas en importantes causas, sino simplemente en traer un hijo al mundo. Ésa era la Jill que quise más, la verdadera Jill.

Claire tocó el violonchelo. Subió pausadamente a la plataforma y permaneció sentada un momento en silencio; a continuación, el coro se unió como trasfondo a una versión inolvidablemente encantadora de *Loving Arms*, una de las melodías favoritas de Jill. ¡Cuántas veces la cantamos, en nuestras reuniones después del trabajo, en Susie's, esforzándonos por llevar la armonía, con voces empapadas de margaritas! Observé a Claire cerrar los ojos y los temblores del violonchelo, eso y las suaves voces constituyeron un trasfondo perfecto a nuestro homenaje a Jill.

Al iniciarse el último verso, los portadores levantaron el féretro y la familia de Jill se se puso en pie con renuencia para seguirlos.

En ese momento, unos cuantos nos pusimos a dar palmas; poco a poco al principio, a medida que iba pasando la procesión y, luego, uno a uno, todos nos imitaron.

Al aproximarse a la puerta trasera, los portadores se detuvieron un momento, como para asegurarse de que Jill oyera el tributo.

Yo miraba a Claire. Tantas lágrimas se deslizaban por mi rostro que creí que nunca acabarían. Deseaba gritar *Adelante, Jill*, y Claire me apretó la mano. Cindy me apretó la otra.

Y pensé. «Encontraré el cabrón, Jill. Tú descansa tranquila.»

77

Cindy llegó a casa pasada la medianoche. Tenía los ojos enrojecidos y el cuerpo entumecido; no sabía si algún día se recuperaría de la pérdida de Jill.

Sabía que no podría pegar ojo. El contestador en el teléfono parpadeaba. Había estado ilocalizable durante todo el día. Debería mirar su correo electrónico, quizás para quitarse a Jill de la cabeza.

Fue al ordenador y revisó la primera plana del *Chronicle*. La noticia del día era la ricina. El resultado de la autopsia de Jill se había filtrado. En la ciudad cundía el pánico por su muerte, y por la de Bengosian. ¿Tan fácil resultaba conseguir ricina? ¿Cuáles eran los síntomas? ¿Y si la introducían en el suministro de agua? ¿Existía un antídoto? ¿Cuántas personas podían morir en San Francisco?

Estaba a punto de abrir su correo electrónico cuando apareció un mensaje instantáneo. Hotwax1199.

«No pierdas el tiempo tratando de rastrear esto», empezaba el mensaje.

Cindy se quedó de piedra.

«Ni siquiera vale la pena escribirlo. Pertenece a un chico de sexto de Dublín, Ohio. Ni siquiera sabe que lo hemos utilizado. Se llama Marion Delgado —continuaba el mensaje—. ¿Sabes quién soy?»

«Sí —respondió Cindy—, sé quién eres. Eres el hijo de puta que mató a mi amiga Jill. ¿Por qué te has puesto en contacto conmigo?»

«Habrá otro ataque», fue la respuesta.

«Mañana. No como el de antes. Mucha gente inocente va a morir. Gente del todo inocente.»

«¿Dónde? —tecleó Cindy y esperó angustiada—. ¿Puedes decirme dónde, por favor?»

«La reunión del G-8 tiene que suspenderse.

»Dijiste que querías ayudar. Pues ayuda. Ayuda, ¡maldición! Esta gente, el gobierno, tiene que reconocer sus crímenes. Asesina a personas inocentes sólo para obtener petróleo. Da rienda suelta a las multinacionales, que rapiñan a los pobres en todo el mundo. Dijiste que querías dar a conocer nuestro mensaje. Ésta es tu oportunidad. Haz que estos rateros y asesinos dejen de cometer crímenes.»

Se produjo un silencio. Cindy no estaba segura de que el mensajero siguiera allí. No sabía qué hacer a continuación.

Otras palabras aparecieron en su pantalla.

«Haz que reconozcan sus crímenes. Es el único modo de evitar estas muertes.»

Esto era otra cosa, pensó Cindy. El que escribía pedía ayuda. Tal vez un resquicio de culpabilidad o de raciocinio estaba conteniendo la locura.

«Me doy cuenta de que quieres detener esta locura —escribió Cindy—. Por favor, dime lo que va a suceder. ¡Nadie tiene por qué salir herido!»

Nada. Ninguna respuesta.

—Mierda. —Cindy golpeó el tecleado. La estaban usando, nada más, para dar a conocer su mensaje.

Tecleó:

«¿Por qué tuvo que morir Jill Bernhardt? ¿Qué crimen cometió? ¿Robo de petróleo? ¿Globalización? ¿Qué hizo?»

Transcurrieron treinta segundos enteros. Luego un minuto. Cindy estaba segura de haber perdido al mensajero. No debió de enojarse. Esto iba más allá de la rabia y el dolor.

Finalmente descansó la cabeza en el monitor. Cuando alzó la vista, no pudo creer lo que veía. Habían aparecido más palabras.

«Jill Bernhardt no tenía nada que ver con el G-8. Esto no fue como los otros. Esto fue personal.»

78

Algo terrible ocurriría ese día, eso aseguraba el último correo electrónico de Cindy. Y su extraño corresponsal no se había equivocado todavía, no la había engañado ni mentido.

Qué sensación tan insoportable de fracaso, de impotencia, ver el amanecer aparecer casi a hurtadillas en el cielo y saber que, pese a todos los recursos del gobierno estadounidense, de la vigilancia tan avanzada y de las advertencias y los policías que pusiéramos en las calles, pese a todos mis años de resolver crímenes... August Spies atacaría hoy. No podíamos hacer nada para detener a los asesinos.

Ese amanecer me encontraba en el centro de mando de emergencias, uno de esos «recintos no declarados», discretamente oculto en un edificio sin personalidad, gris, situado en una zona apartada del astillero naval de Hunter's Point. Había una amplia sala llena de monitores y un equipo de comunicaciones con la tecnología más moderna. Todos estábamos nerviosos. ¿Qué se iban a sacar de la manga ahora los de August Spies?

Allí estaba Joe Molinari. El alcalde, Tracchio, los jefes del Departamento de Bomberos y del servicio de urgencias médicas, todos reunidos en torno a la «mesa de guerra».

También Claire había venido. La última amenaza nos había impresionado, porque suponía un ataque indiscriminado con ricina. Molinari había puesto en alerta a los expertos en toxinas.

Durante la noche decidimos revelar el nombre y la descripción de Hardaway a la prensa. Aún no lo habíamos localizado y la situación se había vuelto exponencialmente peor. Ya no era una cuestión de asesinato, sino de seguridad pública. Estábamos seguros de que Hardaway estaba involucrado y que era sumamente peligroso.

Dieron las noticias televisivas de la mañana. Las tres cadenas abrieron los informativos con el rostro de Hardaway. Aquello parecía la angustiosa cuenta atrás del día del juicio final, el guión de una película de desastres, sólo que mucho peor. La idea de que de un momento a otro una bomba podía explotar en nuestra ciudad o que se podía propagar una toxina, incluso por avión...

A las siete empezaron a llegar con cuenta gotas los testimonios de gente que decía haber visto a Hardaway. Un oficinista estaba seguro de haberlo visto en Oakland, en un supermercado abierto toda la noche, hacía un par de semanas. Otras llamadas venían de Spokane, Albuquerque y hasta de New Hampshire. ¿Cómo saber si algún testimonio era cierto? Pero todas las llamadas tenían que comprobarse.

Molinari estaba hablando por teléfono con alguien llamado Ronald Kill, de la OMC.

—Creo que deberíamos hacer público algún comunicado —presionó el director adjunto—. Sin admitir nada, pero diciendo que la organización tomará en consideración las quejas, a condición de que dejen la violencia. Nos dará tiempo. Podría salvar vidas. Acaso muchas vidas.

Al parecer había llegado a un acuerdo y dijo que lo redactaría él mismo. Pero luego tendrían que aprobarlo tanto Washington como la OMC.

¡Tanto trámite! Y el reloj no se detenía. En cualquier momento sobrevendría algún tipo de desastre.

Y entonces, como predijo el correo electrónico, ocurrió.

A las 8:42 de la mañana. Nunca olvidaré ese día.

79

«Niños de la escuela primaria de Redwood City caen enfermos después de beber agua de una fuente...» Fueron las primeras palabras espeluznantes que oímos.

Todos los corazones en la sala dieron un vuelco a la misma hora: las 8.42. A los pocos segundos, a Molinari lo pusieron con el director de la escuela. Decidieron evacuarla de inmediato. Claire, que se había puesto unos auriculares con micrófono, intentaba hablar con el vehículo de emergencias sanitarias en el cual viajaban los niños enfermos.

Nunca antes en mi vida había visto a la gente más capacitada de la ciudad dejarse llevar tan absolutamente por el pánico. Molinari dio instrucciones escrupulosas al director de la escuela:

—Nadie debe tocar el agua hasta que acudamos. Tienen que desalojar la escuela ahora mismo.

Ordenó que un equipo del FBI fuera en helicóptero a Redwood City. El experto en toxicología oía también la conversación.

—Si es ricina —explicó, observaremos de inmediato convulsiones, constricción bronquial masiva e intensos síntomas gripales.

Claire hablaba con la enfermera de la escuela. Se presentó y dijo:

—Necesito que me describa con precisión los síntomas que muestran los niños.

—No sabía qué era —respondió una voz frenética—. Los niños de pronto se sintieron débiles, mostraron señales de náuseas severas. La temperatura le subió casi a 40°. Dolor abdominal. Vómitos.

Uno de los helicópteros de urgencias ya había llegado a la escuela y nos enviaba imágenes aéreas. Se veían niños saliendo despavoridos, como ratas, guiados por sus maestros y padres frenéticos que iban llegando.

De repente recibimos un segundo informe. Un trabajador se había desmayado en un local en construcción en San Leandro, al otro lado de la bahía. No sabían si se trataba de un infarto o de algo que hubiese comido.

Mientras tratábamos de averiguar más, la noticia apareció en los monitores de televisión.

—... En primicia... La escuela primaria de Redwood City ha sido desalojada después de que algunos niños fueron evacuados a un hospital cercano por sufrir desmayos y violentas náuseas, relacionados posiblemente con una sustancia tóxica. Esto, añadido a las alertas de una posible acción terrorista hoy...

—¿Han informado de más enfermos en la escuela? —preguntó Molinari por teléfono.

—Aún no —respondió el director. La escuela estaba del todo desalojada y los helicópteros seguían sobrevolándola.

De súbito un médico de la sala de urgencias nos puso al día.

—Sus temperaturas oscilan entre los 39,7 y los 40 grados. Náuseas agudas y disnea. No sé a qué se debe. Nunca me había enfrentado a algo parecido.

—Debe tomar inmediatamente muestras de boca y nariz a fin de determinar a qué fueron expuestos —lo instruyó el experto en toxinas—. Y hacerles radiografías. Busque cualquier clase de infiltrados bilaterales.

Claire interrumpió:

—¿Cómo respiran? ¿Cómo está la actividad pulmonar?

Todos esperamos, angustiados.

—Parecen funcionar bien.

Claire cogió a Molinari del brazo.

—Oiga, no sé lo que ocurre aquí, pero no creo que sea ricina.

—¿Qué le hace estar tan segura?

Claire tenía la palabra.

—La ricina provoca una necrosis de las células vasculares. Yo *he visto* los resultados. Los pulmones ya estarían degradándose. Además, la ricina tiene un período de incubación de entre cuatro y ocho horas, ¿no, doctor Taub? —preguntó al experto en toxicología conectado con nosotros.

Éste lo admitió de mala gana.

—Eso significa que tuvieron que ser expuestos anoche. Si no hay síntomas en los pulmones, no creo que tenga nada que ver con el agua. Tal vez se trate de estafilococos o de estricnina... pero no creo que sea ricina.

Transcurrieron con lentitud diez minutos mientras los médicos del hospital de Redwood practicaban las primeras series de pruebas de diagnosis.

Un equipo médico de urgencias se encontraba ya en el escenario, en San Leandro. Informaron de que el trabajador de la construcción había sufrido un infarto y se estaba estabilizando.

—Un infarto —repitió.

Al cabo de unos minutos, el hospital de Redwood City retomó contacto con nosotros. Según las radiografías los pulmones de los niños no se habían deteriorado.

—Los análisis de sangre muestran vestigios de enteroxina estafilocócica B.

Observé la expresión de Claire.

—¿Qué demonios significa eso? —quiso saber el alcalde Fiske.

—Significa que tenemos una grave infección por estafilococos —suspiró—. Es grave, es contagioso, pero no es ricina.

80

Al mediodía el Rincon Center estaba abarrotado. Cientos de personas charlaban mientras comían, ojeaban las páginas deportivas de los periódicos, deambulaban con bolsas de Gap o de Office Max. Simplemente descansaban bajo el enorme salto de agua que caía del centelleante techo.

El pianista tocaba. Mariah Carey: *A hero comes along...*, pero al parecer nadie se daba cuenta de la presencia de la música ni del pianista. Pero es que, demonios, era espantoso.

A Robert, sentado leyendo el periódico, el corazón le latía violentamente. Ya no cabían ni las conversaciones ni los argumentos, se decía una y otra vez. Ya no hacía falta esperar el cambio. Hoy llevaría a cabo el suyo. Y Dios sabía que a él le habían privado de sus derechos. Había visitado con frecuencia los hospitales para veteranos, se había vuelto loco a causa de las experiencias vividas en combate y luego lo dejaron tirado. Por eso se había vuelto radical.

Con los zapatos dio un golpecito al portafolios de cuero, tan sólo para asegurarse de que seguía allí. Le recordó algo que había visto en la tele, en una reconstrucción de la guerra civil estadounidense. A un esclavo fugado lo habían liberado para luego reclutarlo en los ejércitos del Norte. Luchó en las batallas más sangrientas. Al cabo de una de ellas, vio por casualidad a su antiguo amo que padecía neurosis de guerra, herido, entre los prisioneros confederados.

—Hola, amo —le dijo, al acercarse—, parece que se han torcido las cosas, ¿verdad?

En eso pensaba Roberto al echar una mirada a los abogados y banqueros que, sin sospechar nada, engullían su comida. «Se les han torcido las cosas.»

Vio entre la multitud que el hombre al que esperaba entraba en escena, el hombre del cabello ceniciento. La sangre se le alborotó. Se puso en pie, asió el asa del portafolios con los dedos y mantuvo los ojos fijos en el hombre... su objetivo del día.

Había llegado el momento, se dijo, de que los elaborados discursos, las promesas y las homilías se convirtieran en realidad. Arrojó el periódico. La zona en torno a la fuente estaba a rebosar. Se dirigió hacia el piano.

«¿Te da miedo entrar en acción? ¿Tienes miedo de poner en marcha la rueda?»

«No —se contestó Robert—. Estoy preparado. Llevo años preparado.»

Se detuvo y aguardó junto al piano. El pianista inició otra melodía, *Something*, de los Beatles. Más basura de los blancos.

Robert sonrió al joven pelirrojo detrás del teclado. Se sacó un billete del bolsillo y lo metió en el recipiente.

«Gracias, tío», asintió el pianista.

Robert le hizo un gesto con la cabeza, casi se rió de la falsa camaradería y descansó el portafolios contra un pie del piano. Vigiló el avance de su objetivo, que se encontraba ya a unos diez metros distancia y, con una patada, como si nada, empujó el portafolios debajo del piano. «¡Ahí va eso, hijos de puta!»

Echó a andar pausadamente hacia la entrada sur. «Eso es, tío.» Era el momento que había estado aguardando. En el bolsillo buscó el teléfono móvil. El objetivo había recorrido otros cuatro metros y medio. Robert se volvió en la puerta de salida y asimiló la situación.

El hombre del cabello gris se paró junto al pino, justo como le había indicado el profesor. Sacó un dólar de la cartera. Detrás de él, la columna de agua continuaba cayendo del techo.

Robert empujó la puerta, se alejó del edificio y presionó dos teclas preasignadas en el móvil: G-8.

Y el mundo entero pareció estallar en llamas y humo. Robert sintió la más profunda satisfacción de toda su vida. Ésta era una guerra en la que *sí* que deseaba luchar.

No vio el fogonazo, sólo las puertas que salían despedidas a sus espaldas y el edificio que se retorcía y se convertía en una ruina de hormigón y cristal.

«Empecemos la revolución, nena... —Robert sonrió para sí—. Se les han torcido las cosas.»

81

Se oyó un sonoro grito en el centro de mando de emergencias. Uno de los agentes que atendía la frecuencia policial de la mañana se arrancó el micrófono.

—¡Una bomba acaba de estallar en Rincon Center!

Me volví hacia Claire y sentí que se me iba la vida. El Rincon Center era uno los lugares más espectaculares de la ciudad; situado en el corazón del distrito financiero, albergaba organismos gubernamentales, oficinas empresariales y cientos de apartamentos. A esa hora del día estaría repleto de gente. ¿Cuántas personas acababan de morir?

No pensaba quedarme a esperar los informes policiales acerca de los daños y las víctimas. Eché a correr, con Claire pisándome los talones. Subimos a su furgoneta de médico forense. Tardamos unos quince minutos en abrirnos camino a través del laberinto de tráfico, vehículos de bomberos y mirones que se arremolinaban al rededor de la zona bombardeada. Según los informes que recibíamos por la radio, la bomba había estallado en el patio, el lugar más movido a esa hora.

Abandonamos la furgoneta en la esquina de Beale y Folsom y echamos a correr. Veíamos el humo desde un par de manzanas. Teníamos que ir a la entrada de Steuart Street, pasando frente al Red Herring, el Harbor Court Hotel, la YMCA.

—Lindsay, esto es atroz, muy atroz.

Lo primero que percibí fue el punzante olor a cordita. Las puertas principales habían volado. Había gente sentada en el suelo, que tosía y sangraba, con cortes por el cristal, que echaba humo por la boca. A los supervivientes ya los estaban evacuando. Eso quería decir que lo peor lo encontraríamos en el interior.

Respiré hondo.

—Adelante. Ve con cuidado, Claire.

Todo estaba cubierto de hollín, caliente, negro. El humo me acribillaba los pulmones. La policía pretendía dejar un espacio libre. Los bomberos apagaban las esporádicas llamaradas.

Claire se arrodilló junto a una mujer cuyo rostro estaba quemado y que gritaba que no veía nada. Me adentré aún más. Un par de cuerpos se habían desplomado en el centro del patio, cerca de la Columna de Lluvia, que continuaba echando agua a un charco formado en el suelo.

«¿Qué han hecho estos seres? ¿Es ésta su idea de una guerra?»

Los policías con mayor experiencia gritaban por los emisores-receptores que llevaban en la mano, pero uno de los más jóvenes se había quedado petrificado y trataba de contener las lágrimas.

En el centro del patio vislumbré un montón de madera retorcida y alambres fundidos: los restos de lo que podría haber sido un piano. Niko Magitakos, del cuerpo de artificieros, estaba agachado al lado del amasijo. Nunca olvidaré la expresión de su rostro. Rezas para que algo tan terrible no suceda nunca.

Me abrí camino hacia Niko.

—El lugar de la explosión —me explicó, y echó un trozo de madera chamuscada sobre los restos del piano—. Son unos cabrones. Unos *cabrones*, Lindsay. Esta gente sólo comía.

Yo no era experta en bombas, pero vi un círculo de devastación: bancos, árboles, marcas de quemaduras, el emplazamiento de las víctimas lanzadas fuera del centro del patio.

—Dos testigos afirman que vieron a un varón negro bien vestido. Dejó un portafolios debajo del piano y se largó. Yo diría que es el mismo modo de operación que en el caso del puerto deportivo. C-4, detonado a distancia. Puede que por teléfono.

Una mujer con un chaleco de artificiero llegó a la carrera con lo que parecía un fragmento de un portafolio de cuero hecho trizas.

—Márcalo —la instruyó Niko—. Si encontramos el asa, puede que tengamos incluso una huella.

—Espere —pedí, al ver que hacía ademán de alejarse.

Lo que encontró fue una larga correa de cuero, la parte que pasaba por encima de la tapa del portafolios y se abrochaba a la hebilla. A. S.

El estómago se me revolvió. Estaban jugando con nosotros. Se burlaban de nosotros. Sabía lo que significaban esas letras, por supuesto.

A. S. August Spies.

Mi móvil sonó y contesté. Era Cindy.

—¿Estás allí, Lindsay? ¿Estás bien?

—Estoy aquí. ¿Qué hay?

—Han reivindicado la bomba. Alguien llamó al periódico y dijo que era August Spies. «¡Tres días más y, luego, mucho cuidado!» Dijo que esto no era más que un ensayo.

82

Avanzada ya la tarde, advertí por fin que, por segunda noche en tres días, no había dormido ni una hora seguida.

Algo me decía que se me escapaba algo importante. Es más, estaba segura de ello.

Llamé a Cindy y a Claire al mismo tiempo. Estaba tan empeñada en encontrar a Hardaway que había pasado por alto otra cosa.

En la morgue, Claire se había afanado todo el día con la penosa tarea de identificar a las víctimas de la explosión en Rincon Center. Los muertos ascendían a dieciséis y habría más, muchos más, por desgracia. Aceptó que nos reuniéramos unos minutos al otro lado de la calle, en nuestro habitual reservado en Susie's.

Cuando entraba ya en Susie's aprecié la angustia en sus rostros. Claire y Cindy me esperaban en el interior.

—La nota acerca de Jill constituye la clave —expliqué mí última desganada teoría, en tanto tomábamos nuestro té.

—¿La que decía que formaba parte del gobierno? —preguntó Claire, perpleja.

—No, el correo electrónico que recibió Cindy. «Esto no fue como los otros»...

—¿Estás pensando que Jill tuvo un contacto personal con el tipo ése? —Claire parpadeó—. ¿De qué clase?

—No sé qué pensar. Sólo digo que eligieron a propósito a las otras víctimas, ninguna de esas muertes fue al azar. Pero ¿qué los condujo a Jill? La siguieron, la vigilaron en su casa y se la llevaron. Tiene que haber alguna relación entre ella y Lightower y Bengosian.

—¿Tal vez alguno de sus casos? —Cindy se encogió de hombros, aunque Claire no parecía convencida.

Se produjo una pausa. Miramos alrededor. El silencio hizo que todas dirigiéramos la mirada al mismo lugar: el asiento vacío de Jill.

—¡Qué raro resulta reunirnos aquí! —exclamó Claire, y soltó el aire que contenía—. Hacer esto sin Jill. Hablar de ella.

—Jill va a ayudarnos —susurré.

Les eché un vistazo y vi un renovado brillo en su expresión.

—De acuerdo —Claire asintió—. ¿Cómo?

—Vamos a revisar todos sus antiguos casos. Veré si consigo que alguien del personal de Sinclair nos eche una mano.

—¿Y qué buscamos exactamente? —Cindy entrecerró los ojos.

—Tú tienes el correo electrónico. Algo *personal*. Como lo es este caso para nosotras. Examinad las caras aquí y en la calle. Alguien tiene que pararles los pies a esos cabrones, a esos asesinos.

83

Bennett Sinclair me puso en contacto con Wendy Hong, una joven de la fiscalía, y con April, la ayudante de Jill. Requisamos las causas de Jill de los últimos ocho años. ¡Todas!

Nos trajeron carretillas colmadas, carpetas que se conservaban en los achivos de la fiscalía y los montones de papeles que Jill guardaba en su despacho. ¡Menuda montaña de papeleo!

Así pues, nos pusimos manos a la obra.

De día yo seguía encabezando la investigación, tratando de cerrar el cerco en torno a Hardaway. Pero de noche y en todo otro momento disponible, bajaba y examinaba minuciosamente las carpetas. Claire me echó una mano, al igual que Cindy. Al parecer, la única luz encendida en el edificio avanzada la noche era la de Jill.

«Esto fue personal.» La frase no dejaba de sonar en nuestros oídos.

Pese a todos nuestros esfuerzos no hallamos nada. Tiempo perdido para mucha gente. Si existía algo que relacionara a August Spies con Jill no se encontraba en sus carpetas. ¿Dónde estaba? Tenía que estar forzosamente en algún lugar.

Finalmente cargamos las últimas carpetas y volvimos a la morgue.

—Vete a casa —me ordenó Claire, ella también exhausta—. Duerme un poco. —Se levantó a duras penas, se puso el impermeable, me colocó una mano en el hombro y me lo apretó—. Daremos con otro modo, Lindsay, de veras, lo haremos.

Claire tenía razón. Me hacía falta dormir a pierna suelta una noche más que cualquier otra cosa, aparte de un baño caliente. Pero había apostado fuerte por esta teoría.

Me puse en contacto otra vez con el departamento y, por primera vez desde hacía mucho, lo recogí todo para ir a casa a dormir.

Entré en el Explorer y enfilé Brannan rumbo a Potrero. Me paré en un semáforo. Me sentía totalmente vacía.

El semáforo cambió. Permanecí sentada, sin moverme. En el fondo, sabía que no iría a casa.

Doblé bruscamente a la derecha y me dirigí por Sixteenth Street hacia Buena Vista Park. No, no se me había ocurrido de repente alguna idea brillante... era más bien que no tenía nada mejor que hacer.

Algo los relacionaba. De eso estaba convencida. El problema consistía en que todavía no sabía qué.

Un único agente de policía vigilaba la casa de Jill cuando aparqué. Los escalones del porche estaban bloqueados por la típica cinta de una escena del crimen.

Me identifiqué ante el joven oficial, al que probablemente alegró la distracción a esa hora de la noche. Entré en la casa de Jill.

84

Tenía la espeluznante sensación de que no debería de estar haciendo esto: caminar por el hogar al que había ido tantas veces, a sabiendas de que Jill estaba muerta; ver sus pertenencias: un paraguas Burberry, el cuenco de la comida de *Otis*, una pila de periódicos recientes. Me embargó la soledad y la eché en falta más que nunca.

Fui a la cocina. Ojeé unos papeles sueltos en la vieja mesa de pino. Todo se hallaba exactamente como lo había dejado. Una nota a Ingrid, su ama de llaves, unas cuantas facturas, la familiar letra de Jill. Diría que casi sentía su presencia.

Subí. Recorrí el pasillo hasta su estudio. Allí era donde trabajaba, donde pasaba mucho tiempo. Su espacio.

Me senté detrás del escritorio. Distinguí su aroma. Jill tenía una vieja lámpara de bronce. La encendí. Unas cartas desperdigadas sobre la superficie, entre ellas una de su hermana Beth. Unas fotos: ella, Steve y *Otis* en Moab.

«¿Qué haces aquí, Lindsay? ¿Qué pretendes encontrar? ¿Algo firmado por August Spies? No seas tonta.»

Abrí uno de los cajones. Carpetas. Asuntos relacionados con la casa, con viajes, resúmenes de kilometraje aéreo.

Me puse en pie y fui a la estantería. *The Voyage of the Narwhal, The Corrections,* cuentos de Eudora Welty. Siempre tuvo buen gusto para la literatura. Nunca supe de dónde sacaba el tiempo para leer, pero lo hacía.

Me agaché y abrí un armario debajo de los estantes. Me topé con cajas de viejas fotografías: viajes, la boda de su hermana. Algunas se remontaban a su graduación de la universidad.

«Mira a Jill.» Cabello ensortijado, flaca como un poste, pero fuerte. Me arrancaron una sonrisa. Me senté en el suelo de madera dura y las hojeé. «Dios, te echo de menos.»

Vi una vieja carpeta estilo acordeón, fuertemente sujeta con una cuerda elástica. La abrí. Muchas cosas viejas. Su contenido me sorprendió: cartas, fotos, recortes de periódicos, algunas cartillas de notas del instituto, la invitación a la boda de sus padres.

Y una carpeta blanda repleta de recortes de periódicos. Los hojeé. Se trataban sobre todo de su padre.

Su padre fue fiscal, aquí y en Texas. Jill me dijo que solía llamarla su Segunda Sillita. Había muerto hacía pocos meses y resultaba evidente que lo añoraba. La mayoría de los artículos hablaban de las causas que él había llevado o de sus nombramientos.

Reparé en un antiguo artículo amarillento. La procedencia me sorprendió.

San Francisco Examiner. 17 de setiembre de 1970.

El titular rezaba: FISCAL NOMBRADO PARA EL CASO DE LA BOMBA DEL ENN.

El Ejército Nacional Negro. Un grupo radical de los años sesenta, conocido por sus robos violentos y asaltos a mano armada.

Ojeé el artículo. El nombre del fiscal me estremeció.

Robert Meyer.

El padre de Jill.

85

Una hora después pulsaba con todas mis fuerzas el timbre de Cindy. Dos y media de la mañana. Oí el ruido de los pasadores y un resquicio de puerta se abrió. Luciendo una larga camiseta de los Forty-Niners, el equipo de la ciudad, Cindy me miraba con ojos legañosos. Probablemente la acababa de despertar del primer sueño profundo en tres días.

—Más vale que sea bueno —exclamó, y volvió a colocar los pasadores.

—Es bueno, Cindy. —Puse el viejo artículo del *Examiner* frente a su cara—. Creo que he descubierto que relación tenía Jill con el caso.

Al cabo de quince minutos saltábamos, en mi Explorer, los baches de las oscuras y vacías calles de la ciudad, rumbo a la oficina del *Examiner* en Fifth y Mission.

—Ni siquiera sabía que el padre de Jill trabajara aquí —comentó Cindy, y bostezó.

—Empezó aquí al salir de la facultad de Derecho, antes de regresar a Texas. Justo después de que Jill nació.

Llegamos al cubículo de Cindy hacia las tres. Las luces de la sala de redacción estaban atenuadas; pillamos jugando a vídeobridge a un par de corresponsales locales encargados de recibir llamadas telefónicas, faxes y demás.

—Esto es una auditoria de eficacia nocturna —les informó Cindy sin inmutarse—. Acabáis de suspender.

En un mismo movimiento se sentó, se aproximó a la pantalla y encendió el ordenador. Escribió unas cuantas palabras de búsqueda en la base de datos del periódico: *Robert Meyer. ENN*. A continuación pulsó «enter».

De inmediato aparecieron en la pantalla varios registros. Leímos minuciosamente muchos artículos sobre actividades en la década de los sesenta del ENN contra la guerra de Vietnam y, por fin, dimos en el clavo.

FISCAL NOMBRADO PARA EL CASO DE LA BOMBA DEL ENN.

Una serie de artículos de setiembre de 1970.

Regresamos al primero y, ¡bingo! FBI, POLICÍA ASALTAN FORTALEZA DEL BNA. CUATRO MUERTOS EN TIROTEO.

Corrían los días de los radicales de la década de los sesenta. Constantes protestas contra la guerra, disturbios causados por el movimiento Students for a Democratic Society, un grupo radical y violento, en Sproul Plaza, en Berkeley. Hojeamos otros cuantos artículos. El ENN había robado varios bancos y una furgoneta de transportes blindados. Un guardia, un rehén y dos policías asesinados en ese robo. Dos miembros del ENN figuraron en la lista de los diez fugitivos más buscados del FBI.

Continuamos con todo lo que el *Chronicle* tenía en sus archivos. Un escondite del ENN fue asaltado la noche del 6 de diciembre de 1969. El FBI rodeó la casa en una tranquila calle de Berkeley, basándose en un soplo de un confidente. Entraron disparando sus armas.

Cinco radicales murieron. Entre ellos, Fred Whitehouse, un líder del grupo, y dos mujeres.

Un chico blanco recibió un disparo y murió: un estudiante de Berkeley de clase media alta residente en Sacramento. La familia y los amigos insistieron en que ni siquiera sabía disparar. No era sino un idealista atrapado en la protesta contra una guerra inmoral.

Nadie quiso explicar lo que hacía en la casa.

William «Billy» Danko se llamaba.

86

Nombraron un gran jurado a fin de investigar los tiroteos en el escondite del BNA. Se lanzaron agresivas acusaciones los unos a los otros. La causa se la dieron al fiscal en alza, Robert Meyer, el padre de Jill.

En el juicio, el jurado no halló pruebas de mala conducta policial. Los muertos, alegó la policía, se encontraban entre las listas de los más buscados, aunque la descripción no encajaba del todo con la de Billy Danko. Los agentes federales exhibieron un arsenal de armas de fuego confiscadas en la redada: subfusiles Uzis, lanzagranadas, montones de municiones. En la mano de Fred Whitehouse hallaron una pistola, si bien sus simpatizantes afirmaron que se la habían colocado para incriminarle.

—De acuerdo —dijo Cindy, fatigada, y se alejó de la pantalla—. Y ahora, ¿qué hacemos?

La base de datos nos remitía a un artículo de 1971, un año más tarde, publicado en la revista dominical del *Chronicle*.

—Tenéis un archivo, ¿verdad?

—Sí. El archivo está abajo.

Faltaban poco para las cuatro. Encendimos una luz y lo único que vimos fue hilera tras hilera de estanterías de metal llenas de cubos de malla de alambre.

Fruncí el ceño, abatida.

—¿Conoces el sistema, Cindy?

—Claro que conozco el sistema. Vienes aquí durante las horas de trabajo normales y le pides lo que quieres al tipo sentado en la mesa.

Nos separamos y deambulamos por los oscuros y atestados corredores. Cindy no estaba muy segura de que en los archivos se guardara información de aquella época. Tal vez ya lo habían microfilmado.

Finalmente la oí gritar:

—¡He encontrado algo!

Serpenteé entre las oscuras hileras, siguiendo el sonido de su voz. Cuando la encontré, vi que bajaba grandes cajas de plástico con viejos ejemplares de la revista dominical. Iban etiquetados por año.

Nos sentamos en el frío suelo de hormigón, codo a codo; la iluminación tan discreta apenas nos permitía descifrar lo que leíamos.

No obstante, pronto hallamos el artículo al que nos remitía la base de datos: un artículo titulado «Lo que de veras ocurrió a los Cinco de Hope Street».

Según el autor, la policía local manipuló el escenario del crimen para acabar con los insurgentes. Lo había limpiado un investigador no identificado. Se trató de una masacre, no de un intento de detenerlos. Al parecer, las víctimas estaban durmiendo en sus camas.

Buena parte del artículo estaba dedicada a la víctima blanca de la acción, Billy Danko. El FBI aseguraba que formaba parte de los Weathermen y lo relacionaba con una bomba colocada en una delegación de Raytheon, un fabricante de armas. El artículo del *Chronicle* contradecía casi todos los hechos referentes a Danko y lo presentaba en realidad como una víctima inocente.

Eran las cuatro de la mañana. Empezaba a frustrarme, a enfurecerme.

Al parecer, Cindy y yo lo captamos al mismo tiempo.

En las actas del juicio se reveló que el ENN y los Weathermen utilizaban nombres de guerra cuando se ponían en contacto los unos con los otros. Fred Whitehouse era Bobby Z., en honor a un Pantera Negra abatido a tiros. Leon Mickens era Vlad: Vladimir Ilyich Lenin. Joanne Crow era Sasha, en honor a una mujer que se hizo estallar a sí misma luchando contra la Junta chilena.

—¿Lo ves, Cindy? —La miré a la tenue luz.

El que Billy Danko había elegido era August Spies.

Jill, efectivamente, nos había mostrado el camino.

87

Las luces resplandecían en el despacho de Molinari, las únicas en todo el edificio a las seis de la mañana.

Hablaba por teléfono cuando entré. Su expresión se iluminó con lo que interpreté como una sonrisa rendida: contento, pero exhausto. En aquellas fechas nadie pegaba ojo.

—Estaba tratando de asegurar al jefe de la oficina del presidente —me explicó, sonriente, mientras colgaba— que no tenemos las atribuciones de los servicios de seguridad de, pongamos por caso, Chechenia. Dime que tienes algo para mí, lo que sea.

Dejé sobre su mesa el amarillento artículo doblado que encontré en el estudio de Jill.

Molinari lo cogió y lo ojeó.

—¿Cómo los calificaste, Joe? ¿Radicales de la década de los sesenta que, según tú, siguen sueltos por ahí, que no han salido a la superficie?

—¿Conejos blancos?

—¿Y si no es un asunto político? ¿Y si tuvieran otros motivos? Bien, tal vez sea en parte político, pero con elementos añadidos.

—¿Motivos para *qué*, Lindsay?

Le di el último artículo, el del dominical del *Chronicle*, doblado por la página en la que aparecía el nombre de guerra de Billy Danko marcado con un círculo rojo: August Spies.

—Volvamos al juego. Al de los asesinatos. Puede que sea una suerte de venganza. No lo sé todo aún. Pero hay algo aquí.

Durante unos minutos le expuse todo lo que habíamos averiguado, hasta llegar al fiscal Robert Meyer, el padre de Jill.

Molinari parpadeó con ojos vidriosos. Volvió a mirarme como si estuviese chiflada. Y sí que sonaba a locura. Lo que tenía iba contra la investigación, las declaraciones de los asesinos, contra los conocimientos de cualquier agencia gubernamental o instancia judicial.

—¿Adónde quieres ir a parar, exactamente, con todo esto, Lindsay? —preguntó por fin.

—Tenemos que descubrir todo lo relacionado con las personas que estaban en esa casa. Yo empezaría por Billy Danko. Su familia era de Sacramento. El FBI posee archivos sobre lo ocurrido, ¿no? El Ministerio de Justicia y las demás agencias también. Necesito conocer todo lo que saben los organismos federales.

Molinari sacudió la cabeza. Yo sabía que pedía mucho. Cerró los ojos un segundo y se apoyó en el respaldo de la butaca. Cuando los abrió, atisbé una sombra de sonrisa.

—Sabía que había una razón por la que te añoraba —soltó.

Me lo tomé como una señal afirmativa.

—Pero no sabía —empujó su silla para atrás— que seguramente será porque los dos vamos a tener mucho tiempo libre cuando nos destituyan.

—Yo también te he añorado.

88

Nunca en mi vida había visto San Francisco tan presa del pánico. Las noticias no parecían tener fin. Y ¿dónde demonios estábamos nosotros? Me temía que no lo suficientemente cerca de los asesinos.

Toda mi teoría dependía de que las víctimas anteriores encajaran de algún modo con los asesinatos más recientes. Estaba convencida de que existía una relación.

Bengosian era de Chicago. Costaba relacionarlo. Sin embargo, recordé que Lightower había estudiado en Berkeley. El jefe de su asesoría legal nos lo había dicho cuando fuimos a su empresa después de la bomba.

Llamé a Dianne Aronoff, la hermana de Lightower, y la encontré en casa. Hablamos y supe que su hermano fue miembro del SDS. En 1969, en su tercer año en Berkeley, lo dejó.

1969 fue el año en que tuvo lugar la redada en Hope Street. ¿Significaría algo? Tal vez.

Hacia la una, Jacobi llamó a mi ventana.

—Creo que hemos encontrado al padre del tipo ése, Danko.

Él y Cappy habían empezado con el listín telefónico, luego compararon la dirección con una escuela primaria. El padre de Danko residía aún en Sacramento, en el mismo edificio que en 1969. Un hombre contestó al teléfono cuando Cappy telefoneó y colgó en cuanto mencionó a Billy Danko.

—Hay una oficina del FBI allí. —Jacobi se encogió de hombros—. ¿O bien...?

—Ten —salté de mi silla y le arrojé las llaves del Explorer—. Tú conduces.

89

Tardamos dos horas en llegar a Sacramento por la interestatal 80, y no pasamos de ciento veinte. Una hora y cincuenta minutos después aparcamos frente a un ligeramente destartalado edificio estilo años cincuenta. Precisábamos una goleada, era vital.

La casa era grande, pero estaba descuidada, con una loma de césped descolorido enfrente y un solar vallado atrás. El padre de Danko, según recordé, era médico. Treinta años antes debía de ser una de las mejores casas de la manzana.

Me quité las gafas de sol y llamé a la puerta. Transcurrió un rato antes de que contestaran y me impacienté, como poco.

Finalmente un anciano abrió la puerta, se asomó y nos observó. Vi su nariz y su mentón estrecho y afilado, que me recordaron al Billy Danko de la foto publicada en el dominical del *Chronicle*.

—¿Son ustedes los idiotas que llamaron por teléfono? —Permaneció quieto y nos estudió con suspicacia—. Claro que sí.

—Soy la teniente Lindsay Boxer y él es el inspector de homicidios Warren Jacobi. ¿Le importa que entremos?

—*Sí que me importa* —respondió, pese a lo cual abrió la puerta mosquitera—. No tengo nada que decirle a la policía si tiene que ver con mi hijo, aparte de aceptar sus disculpas sinceras por su asesinato.

Nos guió a través de húmedos pasillos, con paredes con desconchones, hacia un diminuto estudio. Daba la impresión de que nadie más vivía con él.

—Queríamos hacerle unas cuantas preguntas acerca de su hijo —expuso Jacobi.

—Pregunten. —Danko se repantigó en un sofá cubierto con una manta de *patchwork*—. El mejor momento para hacer las preguntas hubiera sido hace treinta años. William era un buen chico, un chico fantástico. Lo criamos para que pensara por sí mismo y lo hizo, su conciencia dictaba sus decisiones, y eran buenas, como se probó años más tarde. Perder a ese chico significó perderlo todo. Mi esposa... —Con la cabeza señaló un retrato en blanco y negro de una mujer de mediana edad—. Todo.

—Lamentamos lo que ocurrió —expresé, sentada en el borde de un sillón de orejas sumamente sucio—. No hemos venido a causarle más dolor. Estoy segura de que se ha enterado de lo que está ocurriendo en San Francisco estos días. Mucha gente ha muerto allí.

Danko sacudió la cabeza.

—Han pasado treinta años y todavía no lo dejan descansar en paz.

Eché una mirada a Jacobi. Esto iba a ser como sacar muelas. Le hablé de Jill, de cómo encontramos la relación entre su padre y la redada en Hope Street. Luego le expliqué que otra de las víctimas, Lightower, también estaba relacionada con Berkeley y las revueltas estudiantiles.

—No pretendo decirle cómo llevar a cabo su trabajo, *inspectores* —Carl Danko sonrió—, pero eso me suena a un montón de suposiciones estrafalarias.

—Su hijo tenía un nombre de guerra, August Spies —le comuniqué—. August Spies es el nombre que utilizan las personas que están cometiendo estos atentados.

Carl Danko resopló despectivamente y cogió su pipa. Daba la impresión de que la situación en sí se le antojaba divertida.

—¿Sabe quién podría estar involucrado? —insistí—. ¿Uno de los amigos de Billy? ¿Se ha puesto en contacto alguien con usted últimamente?

—Que Dios bendiga a quien lo esté haciendo. —Carl Danko limpió su pipa—. La verdad es que han perdido el tiempo al venir aquí. No puedo ayudarles un pepino. Y si pudiera... espero que entiendan por qué no estaría dispuesto a ayudar a la policía de San Francisco. Ahora, por favor, váyanse de mi casa.

Jacobi y yo nos levantamos. Di un paso hacia la puerta, rezando para que diera una mínima muestra de empatía antes de que la alcanzara. Me paré frente a la foto de su esposa. Y junto a ella vi otra foto.

Una foto de familia.

Algo hizo que me fijara en los rostros.

Había otro hijo en la foto.

Más joven. De unos dieciséis años. Calcado a su madre. Los cuatro sonreían despreocupadamente en lo que parecía un agradable día soleado de un pasado lejano.

—Tiene otro hijo. —Me volví hacia Danko.

—Charles... —Se encogió de hombros.

Cogí la foto.

—Tal vez deberíamos hablar con él. Quizá sepa algo.

—Lo dudo. —Danko me clavó la mirada—. Está muerto.

90

De vuelta en el Explorer llamé a Cappy.

—Quiero que me busques los antecedentes de un tal Charles Danko. Nacido en Sacramento, 1953-1954. Posiblemente fallecido. Es todo lo que tengo. Y llega tan lejos como haga falta. Si está muerto, quiero ver el certificado de defunción.

—Ahora empiezo. Tengo algo para ti. George Bengosian, teniente. Tenías razón, sí que obtuvo un diploma en la Universidad de Chicago, siguió algunos cursos en la facultad de Medicina. Pero eso fue *después* de pedir el traslado desde Berkeley. Bengosian estuvo en Berkeley en 1969.

—Gracias, Cappy. Buen trabajo. Sigue así.

Ahora, pues, teníamos a tres personas —Jill, Lightower y Bengosian— relacionadas con el asalto homicida en Hope Street. Además del nombre de guerra August Spies vinculado a Billy Danko.

Aún no sabía qué hacer con dicha información.

Como había dicho Danko, no era más que un montón de suposiciones.

Dormí un poco mientras Jacobi conducía a la ciudad. Fue la primera vez que dormía profundamente en tres días. Llegamos al palacio de Justicia hacia las seis.

—Por si te interesa saberlo —indicó Jacobi—, roncas.

—Ronroneo —lo corregí—. Ronroneo.

Antes de ir a mi despacho quería informar a Molinari. Subí corriendo y me metí a hurtadillas en la estancia. Había una reunión. ¿Qué pasaba?

El jefe Tracchio se hallaba sentado ante su mesa, y con él estaban Tom Roach, del FBI, y Strickland, el jefe del dispositivo de seguridad para la reunión del G-8.

—Lightower estuvo allí —anuncié, casi incapaz de contener la exaltación—, en Berkeley, cuando se hizo la redada contra el ENN. George Bengosian, también. Todos estaban allí.

—Lo sé —afirmó Molinari.

91

Tardé un segundo.

—¿Han encontrado el expediente del FBI sobre el ENN?

—Mejor aún. Hemos encontrado a uno de los agentes que participaron en el asalto.

»William Danko era miembro de los Weathermen. Tenía carné. Puedes estar segura. Lo vieron vigilar la oficina regional de Grumman en la que colocaron una bomba en setiembre de 1969. Su nombre de guerra, August Spies, lo captaron las escuchas de los teléfonos de los Weathermen conocidos. El chico no era inocente, Lindsay. Asesinaba.

Molinari me entregó un bloc de notas amarillo lleno de apuntes suyos.

—El FBI empezó a seguirlo unos tres meses antes de la redada. Había otro par de tipos involucrados en la célula de Berkeley. El FBI engatusó a uno de ellos y lo utilizó como confidente. No deja de sorprenderme cómo la amenaza de pasar veinticinco años en una prisión federal puede frenar una prometedora carrera médica.

— ¡Bengosian! —exclamé. La sangre recorrió mis venas como un torrente. Me sentí reafirmada.

Molinari asintió.

—Captaron a Bengosian, Lindsay. Así llegaron a la casa de Hope Street la noche que Bengosian traicionó a sus amigos. Tenías razón. Y hay más.

—Lightower —afirmé, expectante.

—Era el compañero de piso de Danko —contestó Molinari—. La universidad tomó medidas enérgicas contra los estudiantes activos en el SDS. Tal vez Lightower decidió que había llegado el momento de pasar un semestre en el extranjero.

»Y uno de los agentes del FBI que encabezó la redada, que entró en la casa esa mañana, fue ascendido. Trabajó veinte años en el

FBI, se jubiló aquí mismo, en San Francisco. Se llamaba Frank T. Seymour. ¿Te suena el nombre?

Sí, claro que me sonaba, pero lo que experimenté no fue exaltación, sino una sensación de aversión.

Frank T. Seymour era una de las personas que murieron en la explosión de Rincon Center.

92

Era de noche y a Michelle le agradaba la noche. Podía ver *Los Simpson*, las reposiciones de *Friends*, reír un poco, como lo hacía antes de que empezara todo esto, como cuando era niña en Eau Claire.

Tuvieron que abandonar el apartamento de Oakland donde residieron los últimos seis meses y fueron a parar a casa de Julia en Berkeley.

Ya casi no podían salir. La situación resultaba demasiado tensa. A veces en la tele veía una foto de Mal, sólo que lo llamaban Stephen Hardaway. Robert también se había mudado a la casa. Con él eran cuatro. Tal vez Charles Danko se presentara pronto también. Se suponía que poseía los planes finales, la última jugada, que, según había prometido Mal, dejaría a todos pasmados. Algo *enorme*.

Michelle apagó la tele y bajó. Mal estaba encorvado sobre los cables, entretenido con el nuevo artefacto, la última bomba. Tenían un plan, según él, para meter en algún lugar aquel juguetito. El sólo hecho de encontrarse en el mismo lugar que el maldito artefacto la dejaba helada.

Se acercó silenciosamente a sus espaldas.

—Mal, ¿quieres comer? Puedo prepararte algo.

—¿No ves que estoy trabajando, Michelle? —le contestó en tono más bien hostil. Estaba soldando un cable rojo en la pata de una mesa de madera, y Michelle sabía que allí se escondía el detonador.

La joven le puso una mano en el hombro.

—Tengo que hablar contigo, Mal. Creo que quiero marcharme.

Mal se puso rígido. Se quitó las gafas y se apartó de la frente el cabello sudado.

—¿Que te vas a marchar? —Movió la cabeza de arriba abajo, como si la afirmación le resultara graciosa—. ¿Y adónde vas a ir? ¿Vas a subirte al autobús y regresar a casita? ¿A «Caraywisconsin»? ¿Matricularte en la universidad de «Caraywisconsin», después de haber echo volar por los aires a un par de chicos de la gran ciudad?

Las lágrimas se acumularon en los ojos de Michelle. Señales reveladoras de debilidad, lo sabía, ese sentimentalismo tan espantoso.

—Déjalo ya, Mal.

—Eres una *asesina* y te buscan, cariño. La niñera tan mona que hizo volar por los aires a los niños que cuidaba. ¿Se te escapa ese detalle?

De repente, la joven lo vio todo claro. Entendió muchas cosas: que, aunque llevaran a cabo este trabajo, el último, Mal no se iría nunca con ella. Al cerrar los ojos por la noche, veía a los pequeños Lightower, sentados a la mesa desayunando, vistiéndose para ir a la escuela. Sabía que había hecho cosas horribles. Por más que deseara que no fuera cierto, Mal tenía razón, no tenía adónde ir. Era la *au pair* asesina. Lo sería siempre.

—Venga, vamos —Mal se mostró más amable—. Aprovechando que estás aquí, nena, puedes ayudarme. Necesito ese dedito tuyo tan bonito. En ese cable. Acuérdate, no tienes qué temer.

Levantó el teléfono.

—Sin carburante no hay arranque, ¿vale? Vamos a ser héroes, Michelle. Vamos a salvar al mundo de los malos. Nunca nos olvidarán.

93

La una de la mañana. Pero ¿quién podía dormir?

Molinari entró en la sala de nuestra brigada. Yo estaba examinando, junto a Paul Chin, la información que nos llegaba. Molinari me miró y suspiró.

—Charles Danko.

Arrojó una carpeta verde sobre el escritorio. Rezaba: INFORMACIÓN PRIVILEGIADA, FBI.

—Tuvieron que buscar hasta el fondo en los archivos olvidados para encontrarlo.

Sentí la sangre correr por mis venas. Se me puso carne de gallina. ¿Significaba que estábamos a punto de hallarlo?

—Estudió en la universidad de Michigan —me informó Molinari—. Lo detuvieron dos veces por desórdenes públicos y por incitación a la violencia. Lo detuvieron en Nueva York en 1973 por posesión ilegal de armas de fuego. Una casa en la que residía allí estalló una tarde. Visto y no visto.

—Tiene toda la pinta de ser nuestro chico.

—Lo buscaban en relación con una bomba en el Pentágono en 1972. Un experto en explosivos. Después de que la casa estalló en Nueva York, desapareció. Nadie sabía si se encontraba en el país o no. Charles Danko lleva treinta años desaparecido. Y nadie lo ha perseguido.

—Un conejo blanco.

Extendió una vieja lista de delitos fechada en 1974 y el fax en blanco y negro del cartel de busca y captura difundido por el FBI. En él figuraba una versión ligeramente mayor del rostro infantil de la foto de familia que vi en casa de Carl Danko.

—Tenemos a nuestro hombre —declaró Molinari—. Ahora, ¿cómo demonios damos con él?

94

—¡Teniente! —oí que llamaban con fuerza al cristal de mi despacho.

Me sobresalté. Según mi reloj, eran las 6.30 de la mañana. Debí de haberme adormilado mientras esperaba a que Molinari me proporcionara más información sobre Danko.

Paul Chin exclamó desde la puerta:

—Teniente, más vale que se ponga en la línea 3. *Ahora mismo.*

—¿Danko?

—Mejor. Es una mujer de Wisconsin que cree que su hija está vinculada a Stephen Hardaway. ¡Creo que sabe dónde está!

En los segundos que tardé en despabilarme, Chin regresó a su escritorio y puso en marcha una grabadora. Levanté el auricular.

—Aquí la teniente Boxer —dije, tras carraspear.

La mujer arrancó a hablar como si se hubiese quedado a media frase, con voz alterada, tal vez no muy escolarizada. Del Medio Oeste.

—Siempre le dije que algo en ese sabelotodo no encajaba. Ella decía que era brillante. *Brillante,* y un cuerno... siempre quiso ser buena, mi Michelle. No costaba nada aprovecharse de ella. Yo le decía: «Tú ve a la universidad del Estado. Puedes ser cualquier cosa que te propongas.»

—¿Su hija se llama Michelle —cogí un bolígrafo—, señora...?

—Fontieul. Eso es, Michelle Fontieul.

Garabateé el nombre.

—¿Por qué no me explica lo que sabe?

—Lo vi, ¿sabe? —volvió a comentar la mujer—. Al tipo ése, en la tele. El que todo el mundo anda buscando. Mi Michelle está liada con él.

»Claro que en esa época no se llamaba Stephen. ¿Cómo lo llamaba por teléfono? ¿Malcolm? Mal. Pasaron por aquí en coche rumbo al oeste. Cero que él era de Portland o de Washington. Él fue quien la metió en eso de las «protestas». Yo ni siquiera entendía la mitad de lo que significaba. Traté de advertírselo.

—¿Está segura de que era el mismo hombre que vio en la tele? —insistí.

—Estoy segura. Claro que su cabello ha cambiado y no llevaba barba. Sabía que...

La interrumpí.

—¿Cuándo fue la última vez que habló con su hija, señora Fontieul?

—No lo sé. Hará unos tres meses. Siempre *ella* era la que llamaba. Nunca me daba su número. Pero la última vez me sonó un poco rara. Dijo que estaba haciendo el bien por una vez. Y luego me soltó que la había criado verdaderamente bien. Que me quería. Y pensé que quizá se había quedado embarazada, nada más.

Todo encajaba. Lo que sabíamos de Hardaway y la descripción que nos había dado el propietario del bar KGB.

—¿Tiene usted modo de ponerse en contacto con su hija? ¿Una dirección?

—Tenía una. Creo que era de una amiga. También tengo un apartado postal. Michelle decía que siempre podía mandarle algo allí si hacía falta. Apartado tres-tres-tres-ocho, en la oficina de Correos de Broad Street, Oakland, California.

Eché un vistazo a Chin. Los dos escribíamos al mismo tiempo. La oficina de Correos no abriría hasta un par de horas más tarde. Tendríamos que pedirle al FBI que fuera a ver a la mujer en Wisconsin. Conseguir una foto de su hija. Entre tanto, le pedí que me la describiera.

—Rubia. Ojos azules. —La mujer vaciló—. Michelle siempre fue bonita, lo reconozco. No sé si estoy haciendo lo correcto. Es sólo una chica, teniente.

Le agradecí su franqueza y le aseguré que su hija tendría un trato justo si estaba involucrada en el asunto, de lo que no me cabía duda.

—Voy a ponerla con otro agente, pero antes he de preguntarle otra cosa. —Se me ocurrió una idea al pensar en el primer día—. ¿Tenía su hija algún problema respiratorio?

—¡Vaya! Sí. —Hizo una pausa—. Siempre ha tenido asma, teniente. Lleva inhalador consigo desde los diez años.

Contemplé a Chin a través del cristal.

—Creo que acabamos de encontrar a Wendy Raymore.

95

Cindy Thomas se dirigió al trabajo en el autobús de Market Street, como cada mañana, aunque ese día la carcomía la premonición de que algo sucedería pronto. De un modo u otro. Eso había prometido August Spies.

Iba tan lleno que tuvo que quedarse de pie. Hicieron falta dos paradas para que lograra sentarse. Sacó su *Chronicle*, como hacía cada mañana, y ojeó la primera plana. Una foto del alcalde Fiske, flanqueado por el director adjunto Molinari y Tracchio. Las reuniones del G-8 seguían programadas. Su artículo acerca del posible vínculo con Billy Danko ocupaba la columna derecha superior.

Una chica con el cabello muy corto y teñido de rojo, vestida con mono y jersey de ganchillo se le acercó. Cindy alzó la mirada; algo en ella le resultó familiar. La chica tenía tres pendientes en la oreja izquierda y un pasador en forma del símbolo de la paz de los años sesenta. Bonita, pero con aspecto demasiado descuidado.

Cindy mantuvo un ojo puesto en la ruta, que conocía por las tiendas en Market Street. El hombre sentado junto a ella se levantó en Van Ness.

La chica con el mono se apretujó en el asiento contiguo. Cindy sonrió y dio vuelta a la página. Más artículos sobre lo del G-8. La chica parecía estar leyendo por encima de su hombro.

Entonces sus ojos se encontraron con los de Cindy.

—No van a detenerse, ¿sabe?

Cindy sonrió sin ganas; no necesitaba para nada una conversación antes de las ocho de la mañana. Sin embargo, la chica no le permitió desviar la mirada.

—No se detendrán, señorita Thomas. *Lo intenté, en serio.* Hice lo que me dijo y lo intenté.

Cindy se quedó de piedra. Todo en ella pareció detenerse.

Observó el rostro de la joven. Era mayor de lo que aparentaba; contaría unos veinticinco años. Cindy pensó en preguntarle cómo sabía su nombre, pero en ese instante lo vio todo claro.

Ésta era la persona con la que había chateado por Internet. La que estaba involucrada en el asesinato de Jill. Tal vez fuese la *au pair*.

—Escúcheme. Salí a escondidas, no saben que estoy aquí. Algo terrible va a ocurrir —afirmó la chica—. En la reunión del G-8. Otra bomba. O peor. No sé exactamente dónde, pero será grande, la mayor. Mucha gente morirá. Ahora *usted* trate de detenerlos.

Todos los músculos de Cindy se tensaron. No sabía qué hacer. ¿Agarrarla, gritar, hacer que pararan el autobús? Todos los agentes de la ley de la ciudad la buscaban. Pero algo hizo que se contuviera.

—¿Por qué me explicas esto?

—Lo siento, señorita Thomas. —La chica le tocó el brazo—. Lamento lo de todos ellos: Eric, Caitlin. Ese abogado, su amiga. Sé que hemos hecho cosas horribles... Ojalá pudiera volver el tiempo atrás. No puedo.

—Tiene que entregarse. —Cindy la miró fijamente. Echó una ojeada alrededor, aterrorizada de que alguien los oyera—. Se ha acabado. Saben quién eres.

—Tengo algo para usted. —La chica no hizo caso de su ruego. Introdujo un pedazo de papel en la mano cerrada de Cindy—. No sé qué hacer para detenerlo ahora. Salvo esto. Es mejor que me quede con ellos. Por si cambian de planes.

El autobús se paró en el Metro Civic Center. Cindy desdobló el papel que la chica le había dado.

Leyó: «722 Seventh Street Berkeley».

—Dios mío —resopló. La chica acababa de darle las señas de donde se alojaban.

De repente, la chica se puso de pie y se dirigió hacia la salida. La puerta trasera se abrió con un siseo.

—¡No puedes regresar allí! —chilló Cindy.

Ella se dio la vuelta, pero siguió andando.

—¡Espera! —gritó Cindy—. ¡No vuelvas allí!

La chica pareció sorprendida y perdida. Titubeó un momento.

—Lo lamento —pronunció las palabras sin decirlas en voz alta—. Tengo que hacerlo así. —Y se bajó a toda prisa.

Cindy se levantó de un brinco y tiró de la cuerda del timbre mientras las puertas se cerraban. Gritó al conductor que las abriera. ¡Era una emergencia! Cuando salió, Michelle Fontieul había desaparecido entre la multitud de primeras horas de la mañana.

Cindy cogió el teléfono.

—¡Sé dónde están! Tengo la dirección.

QUINTA PARTE

96

El equipo de asalto más numeroso en la historia de la ciudad se iba formando en torno a la destartalada casa blanca situada en el 722 de Seventh Street, en Berkeley. Destacamentos de las fuerzas especiales de San Francisco, contingentes de Berkeley y Oakland, agentes del FBI y del Departamento de Seguridad Nacional.

Habían bloqueado totalmente la zona. Evacuaron en silencio las casas vecinas una a una. Los artificieros estaban preparados. Había también ambulancias de emergencias médicas.

Una furgoneta Chevrolet gris había entrado en el camino de acceso veinte minutos antes. Había alguien en casa.

Conseguí apostarme cerca de Molinari, que mantenía contacto telefónico con Washington. Un capitán de Operaciones Especiales, Joe Szerbiak, estaba al mando del equipo de asalto.

—Esto es lo que vamos a hacer —explicó Molinari, arrodillado detrás de la barricada formada por un coche patrulla negro a unos treinta metros de la casa—. Les telefoneamos una vez. Les damos la oportunidad de entregarse. De lo contrario —hizo una señal con la cabeza a Szerbiak—, es cosa tuya.

El plan consistía en disparar un bote de gas lacrimógeno y obligar a quienquiera que estuviese en la casa a salir. Si lo hacían tranquilamente, sin alboroto, los obligaríamos a tumbarse y los detendríamos.

—¿Y si salen *calientes*? —preguntó Joe Szerbiak, mientras se ponía el chaleco antibalas.

Molinari se encogió de hombros.

—Si salen disparando, tendremos que abatirlos.

Los explosivos constituían la incógnita del cerco. Sabíamos que tenían bombas. Todos teníamos presente lo ocurrido en Rincon Center hacía dos días.

El equipo de asalto se preparó. Varios tiradores habían tomado

posiciones. El equipo que entraría se reunió en una furgoneta aco-
razada, dispuesto a entrar en acción. Cindy Thomas nos acompañaba. Una chica en el interior parecía confiar en ella, Michelle, que
podía ser Wendy Raymore, la *au pair*.

Me sentía nerviosa, inquieta. Quería que todo esto finalizara.
No quería más derramamiento de sangre, sino que se terminara,
así, sin más.

—¿Cree que saben que estamos aquí? —Tracchio examinó la
casa desde detrás del capó de un coche patrulla.

—Si no lo saben ya, están a punto de enterarse —señaló Molinari. Miró a Szerbiak—. Capitán —dijo, con una señal de la cabeza—, puede hacer esa llamada.

97

En el interior del 722 de Seventh Street todos habían enloquecido, todo estaba patas arriba.

Robert, el veterano, había cogido su rifle automático y, agachado debajo de una de las ventanas de la fachada, evaluaba la escena del exterior.

—¡Hay un ejército allá fuera! ¡Policía mires donde mires!

Julia gritaba y actuaba como una demente.

—¡Os dije que os largarais de mi casa! ¡Os dije que os pirarais! —Miró a Mal—. ¿Qué vamos a hacer ahora? *¿Qué vamos a hacer?*

Mal aparentaba tranquilidad. Fue a la ventana, se asomó entre las cortinas, se dirigió a la otra habitación y regresó con una maleta negra.

—Probablemente morir —contestó.

El corazón de Michelle parecía latir a mil por segundo. De un momento a otro hombres armados y uniformados irrumpirían en la casa. A una parte de ella la embargaba el miedo, y a otra, la vergüenza. Sabía que había defraudado a sus amigos, que había acabado con todo por lo que habían luchado. Había ayudado a asesinar a mujeres y niños, pero ahora, quizá, podría detener las matanzas.

De repente el teléfono sonó. Durante un segundo todos los ojos se fijaron en él. Los timbrazos semejaban el repiqueteo de campanas de alarma.

—Contesta —le dijo Robert a Mal—. Quieres ser el líder, pues contesta.

Mal se dirigió hacia el aparato. Cuatro, cinco timbrazos. Por fin, levantó el auricular.

Escuchó un segundo. Su rostro no registró ni miedo ni asombro. Hasta les dio su nombre.

—Stephen Hardaway —dijo, con orgullo.

A continuación escuchó largo rato.

—Entiendo —contestó. Colgó, tragó saliva y miró alrededor—. Dicen que tenemos una oportunidad. Si alguien quiere marcharse, que lo haga ahora.

Un silencio mortal descendió sobre la estancia. Robert se encontraba bajo la ventana; Julia, con la espalda pegada a la pared; Mal, por fin, parecía conmocionado e incapaz de responder. Michelle deseaba gritar que ella era la que los había metido en este brete.

—Pues a mí no van a ponerme las manos encima —espetó Robert. Levantó el rifle automático, con la espalda contra la puerta de la cocina, y examinó la furgoneta aparcada en el camino.

Hizo un guiño, una suerte de despedida, abrió violentamente la puerta y salió corriendo.

A poco más de un metro de la furgoneta levantó el rifle y disparó una larga ráfaga en dirección a la policía. Se oyeron dos estrepitosos truenos. Tan sólo dos. Robert se detuvo en seco, giró sobre sí mismo con expresión sorprendida y manchas carmesíes aparecieron sobre sobre su pecho.

—¡Robert! —chilló Julia. Golpeó la culata de su pistola contra la ventana de la fachada y empezó a disparar frenéticamente. A continuación, el retroceso la lanzó hacia atrás y no volvió a moverse.

De repente un bote negro voló a través de la ventana rota; de él empezó a salir gas. Otro bote negro. Una nube negra que producía escozor envolvió la habitación, hiriendo los pulmones de Michelle.

—Ay, Mal —gritó. Lo miró. Se hallaba de pie, como si nada, ya sin la menor muestra de miedo.

En las manos llevaba un teléfono móvil.

—No voy a salir —dijo.

—Yo tampoco —convino la joven.

—De veras eres una chiquilla valiente —Mal sonrió.

Lo vio pulsar un número de cuatro dígitos. Un segundo más tarde oyó un timbrazo. Venía de la maleta.

Un segundo timbrazo.

El tercero...

—Acuérdate —Mal tomó aliento—, sin carburante no hay arranque. ¿Verdad, Michelle?

98

Estábamos agachados detrás de un coche patrulla, apenas a una treintena de metros de la casa, cuando ésta explotó.

Las ventanas reventaron y por ellas salieron aparatosos destellos anaranjados, tras lo cual el edificio pareció separarse de sus cimientos y una nube abrasadora subió atravesando el tejado.

—¡Abajo! —gritó Molinari—. ¡Todos abajo!

El estallido nos echó a todos hacia atrás. Tiré de Cindy, que estaba de pie a mi lado, y la protegí de la fuerza de la onda expansiva y de la lluvia de escombros.

Permanecimos así mientras la tórrida ráfaga ascendía sobre nosotros. Unos gritos:

—¡Hostia!

Y:

—¿Estáis bien?

Poco a poco nos pusimos en pie.

—Ay, Dios... —gruñó Cindy.

Donde un segundo antes se erguía una casa de tablillas blancas, sólo quedaba humo, fuego y un cráter.

—Michelle —mascullo Cindy—. Vamos, Michelle.

Observamos las llamas crecer, azotadas por el viento. Nadie salió. Nadie habría sido capaz de sobrevivir a semejante deflagración.

Las sirenas empezaron a sonar. El aire se llenó de frenéticas transmisiones por radio. Oí a algunos agentes que gritaban por sus radios:

—Tenemos una explosión de gran envergadura en siete veintidós de Seventh Street.

—Tal vez no estaba allí. —Cindy sacudió la cabeza, con la vista clavada aún en la casa arrasada.

La abracé.

—Asesinaron a Jill, Cindy.

Más tarde, cuando los bomberos redujeron el incendio a humeantes cenizas y los equipos médicos correteaban por todas partes etiquetando los restos chamuscados, yo misma busqué entre los escombros.

¿Sería ya el fin? ¿Habría desaparecido la amenaza? ¿Cuántas personas había en la casa? No lo sabía, pero todo indicaba que eran cuatro o cinco. Hardaway probablemente hubiese muerto. ¿Estaría Charles Danko, August Spies, también en el interior?

Claire había llegado. Se arrodilló sobre los cuerpos cubiertos, pero los restos estaban tan calcinados que casi resultaban irreconocibles.

—Busco a un varón blanco —le dije—, de unos cincuenta años.

—Hasta donde puedo ver, hay cuatro personas, Lindsay —contestó—. El varón negro abatido en el camino. Otros tres en el interior. Dos de ellas, mujeres.

Joe Molinari se aproximó a mí. Había estado poniendo a Washington al corriente.

—¿Estás bien? —preguntó.

—No ha acabado —dije, y señalé los montones etiquetados con un gestó de la cabeza.

—¿Danko? —Se encogió de hombros—. Los médicos forenses tendrán que decírnoslo. En todo caso, su red, su célula, ha quedado desmantelada. El artefacto, también. ¿Qué puede hacer ahora?

Entre las ruinas vislumbré algo, un pasador. Había en él algo casi divertido. Me agaché y lo cogí.

—Que la voz del pueblo se oiga —dije a Molinari, y se lo enseñé.

Tenía el símbolo de la paz.

99

Charles Danko paseaba sin rumbo fijo por las calles de San Francisco y pensaba en lo que acababa de suceder en Berkeley, donde sus amigos habían muerto por la causa, como mártires, igual que William hacía tanto tiempo.

«Podría matar a mucha gente ahora mismo. Aquí mismo.»

Sabía que podía causar grandes destrozos y que no lo atraparían en varias horas, tal vez más, si utilizaba el cerebro, si analizaba bien la situación, si se mostraba como un asesino meticuloso.

«Estás muerto, joven y remilgado ejecutivillo, con ese traje negro tan caro.

»Tú también estás muerta, rubita pija.

»Tú. Y tú. ¡Tú! ¡Tú! Vosotros cuatro, divertidos amiguetes... capullos.»

Dios, sería tan fácil dar rienda suelta ahora a su rabia.

La policía, el FBI, eran patéticos cuando se trataba de «proteger» a la gente.

Sus deducciones eran todas incorrectas, ¿verdad?

No comprendían que podía tratarse de justicia y venganza. Ambos conceptos resultaban perfectamente compatibles, iban de la mano. Él mismo seguía los pasos de su hermano William; honraba el sueño inspirado de su hermano caído y, a la vez, lo desagraviaba. Dos causas valían más que una. Doble motivación. Doble rabia.

Los rostros que pasaba de largo, la ropa cara, las tiendas absurdas, empezaban a emborronarse frente a sus ojos. Todos ellos eran culpables. El país entero lo era.

No obstante, no lo entendían. Todavía no.

La guerra se encontraba aquí mismo, en sus calles de oro... La guerra había llegado e iba a quedarse.

Nadie podía detenerla.

Siempre habría más soldados.

Después de todo, eso era él, un simple soldado.

Se detuvo en una cabina telefónica e hizo dos llamadas.

La primera a otro soldado.

La segunda, a su mentor, a la persona que lo había ideado todo, incluyendo cómo utilizarlo.

Charles Danko había tomado su decisión: el día siguiente sería fantástico para sembrar el terror.

Nada había cambiado.

100

Las reuniones del G-8 del día siguiente empezarían según lo programado. Los tipos de la línea dura, los despiadados de Washington, así lo deseaban. Que así fuera.

Los actos estaban preparados para aquella noche, con una recepción en la galería Rodin, en el palacio de la Legión de Honor, que poseía una vista maravillosa del Golden Bridge.

El anfitrión sería Eldridge Neal, uno de los más admirados afroamericanos del país, el actual vicepresidente. Todos los uniformados disponibles estaban destinados a la seguridad en todas las sedes y en todas las rutas. Cada carné de identificación sería revisado por triplicado y perros entrenados para detectar explosivos olfatearían cada contenedor de basura y cada respiradero.

Sin embargo, Danko seguía libre.

Y Carl Danko era el único vínculo que yo poseía con su hijo.

Regresé a Sacramento mientras el resto del departamento se preparaba para las festividades del G-8. A Carl Danko pareció sorprenderle verme de nuevo.

—Creí que hoy le darían alguna medalla por sus servicios. Parece que el asesinato de jóvenes se ha convertido en una costumbre. Así pues, ¿por qué no está allí?

—Su hijo —contesté.

—Mi hijo esta *muerto*.

Sin embargo, suspiró y me franqueó la entrada. Lo seguí a su despacho, en cuya chimenea ardía un fuego. Se arrodilló y atizó las llamas, antes de sentarse en una butaca.

—Ya se lo he dicho: el momento de hablar de William fue hace treinta años.

—No me refiero a Billy, sino a *Charles*.

Danko vaciló.

—A los del FBI les dije que...

—Lo sé —lo interrumpí a media frase—. Conocemos sus antecedentes, señor Danko. Sabemos que no está muerto.

El anciano gruñó.

—No se rinden nunca, ¿verdad? Primero William y ahora Charlie. Vaya a por sus medallas, teniente. Ha pillado a sus asesinos. ¿Qué le hace creer que puede venir aquí y decirme que Charles está vivo?

—George Bengosian.

—¿Quién?

—George Bengosian. La segunda víctima. Conoció a Billy en Berkeley. Eran más que conocidos, señor Danko. Fue él quien delató a su hijo.

Danko se removió en la butaca.

—¿Qué se supone que quiere decir con eso?

—¿Y Frank Seymour? Murió en la explosión de Rincon Center el otro día. Era el agente que encabezó la redada de Hope Street donde murió su hijo. Charles Danko anda libre por ahí. Está matando a gente inocente, señor Danko. Creo que se ha vuelto loco. Y creo que usted también lo piensa.

El anciano respiró hondo. Clavó la mirada en el fuego, se levantó y fue hacia un escritorio. Sacó un fajo de cartas del último cajón. Lo arrojó frente a mí, sobre la mesita de café.

—No he mentido. Mi hijo ha estado muerto para mí. En los últimos treinta años lo he visto una vez, cinco minutos, en una esquina de Seattle. Hace unos años, empezaron a llegar estas cartas. Una por año, hacia mi cumpleaños.

«Dios mío. Tenía razón todo el tiempo. Charles Danko estaba vivo...»

Cogí las cartas y empecé a ojearlas.

El anciano se encogió de hombros.

—Supongo que da clases en una universidad o algo así.

Estudié los sobres. Ningún remitente, pero las últimas cuatro tenían su origen en el norte, en Portland, Oregon. Una de ellas, muy recientemente, el 7 de enero, hacía cuatro meses.

Portland.

Una idea destelló en mi cabeza. No podía ser una coincidencia. Stephen Hardaway había estudiado en Portland. En Reed. Volví a mirar al anciano.

—¿Dice usted que da clases? ¿Dónde?

Sacudió la cabeza.

—No lo sé.

Pero yo *sí* que lo sabía. De repente lo supe con una claridad ineludible.

Danko se encontraba en Reed. Todo este tiempo, había estado dando clases en la universidad.

Así se conocieron él y Stephen Hardaway.

101

Me pusieron con Molinari en el palacio de la Legión de Honor. Faltaban menos de dos horas para la recepción del vicepresidente. Las sesiones del G-8 habían empezado.

—Creo que sé dónde está Charles Danko —troné por el móvil—. Está en Reed College. En Portland. Es profesor allí, Joe. En Reed estudió Stephen Hardaway. Todo encaja.

Molinari me anunció que mandaría a un equipo del FBI a la universidad mientras yo regresaba a la ciudad. Puse en marcha las luces del techo y conduje con la sirena todo el camino. Al sur de Vallejo me impacienté y conseguí el número de la universidad.

Me identifiqué con una recepcionista, quien me puso con el decano de estudios académicos, un tal Michael Picotte. Los agentes del FBI de la oficina de Portland llegaron justo cuando éste contestaba a mi llamada.

—Necesitamos desesperadamente localizar a uno de sus profesores. Es una emergencia —le dije—. No tengo ni su nombre ni su descripción. Su *verdadero* nombre es Charles Danko. Tendrá unos cincuenta años.

—¿Dan... Danko? —balbuceó Picotte—. No hay nadie llamado Danko relacionado con la universidad. Sí que tenemos varios profesores cincuentones, incluyéndome a mí.

La exasperación y la impaciencia hacían presa en mí.

—¿Tiene un fax? ¿Un número de fax?

Me puse en contacto con mi oficina y pedí que me pusieran con Lorraine. Le ordené que localizara el cartel de búsqueda y captura de Charles Danko de mediados de la década de los setenta. Con suerte aún se parecerían. El decano Picotte me puso en espera mientras el fax le llegaba.

Me aproximaba a Bay Bridge. El aeropuerto internacional de San Francisco se encontraba a unos veinte minutos. Podía ir a Portland yo misma, pensé. Quizá debería subirme a un avión e ir inmediatamente a Reed.

—De acuerdo. Lo tengo —dijo el decano cuando se puso de nuevo al teléfono—. Es un cartel de búsqueda y captura...

—Obsérvelo bien. Por favor... ¿reconoce la cara?

—Dios mío... —pareció atragantarse.

—¿Quién es? ¡Necesito un nombre! —Grité. Presentí que Picotte vacilaba: podría estar delatando a un colega o a un amigo.

Salí del puente a San Francisco y enfilé Harrison Street.

—Decano Picotte, por favor... ¡necesito un nombre! Hay vidas en juego.

—Stanzer —comentó por fin—. Se parece a Jeffrey Stanzer. Estoy casi seguro.

Saqué un bolígrafo y garabateé el nombre. Jeffrey Stanzer. ¡Stanzer era Danko!

Danko era August Spies. Y seguía suelto.

—¿Dónde podemos encontrarlo? Hay agentes del FBI en la universidad ahora. Precisamos su dirección inmediatamente.

Picotte titubeó de nuevo.

—El profesor Stanzer es un miembro respetado de nuestra comunidad.

Detuve el coche en el arcén.

—Tiene que explicarnos detalladamente el lugar donde podemos encontrar a Jeffrey Stanzer. ¡Se trata de una investigación por homicidio! Stanzer es un asesino. Va a volver a matar.

El decano soltó el aliento.

—¿Dijo que llamaba desde San Francisco?

—Sí.

Se produjo una pausa.

—Está allá, con ustedes... Jeffrey Stanzer va a dar una conferencia en la reunión del G-8. Creo que está programada para esta noche.

Dios. Danko iba a matar a todos los presentes.

102

Charles Danko, inquieto, excitado por lo que iba a ocurrir, permanecía de pie bajo los brillantes focos del palacio de la Legión de Honor. Ésta era *su* noche. Sería famoso, como lo sería también su hermano, William.

Quien creyera que lo conocía se sorprendería al averiguar que iba a hablar en San Francisco esa noche. Jeffrey Stanzer había pasado años viviendo una retirada existencia académica, evitando cuidadosamente cualquier publicidad. Ocultándose de la policía.

Pero aquella noche iba a hacer algo mucho más audaz que pronunciar una aburrida conferencia. Las teorías y los análisis ya no servían de nada. Aquella noche rescribiría la historia.

Todos los policías de San Francisco lo buscaban. August Spies. ¡Lo graciosa era que lo dejaban entrar... por la puerta principal!

Lo recorrió un escalofrío. Se aferró a su portafolios y lo apoyó contra el arrugado esmoquin. En el interior llevaba la conferencia, un análisis del efecto de la inversión de capital extranjero en el mercado laboral del tercer mundo. El trabajo de toda su vida, podría decirse. Pero ¿qué sabían de él? Nada. Ni siquiera su nombre.

Más adelante, agentes de seguridad vestidos con esmóquines y trajes de noche registraban los bolsillos y los bolsos de las esposas de economistas y embajadores, esa clase de personajes pagados de sí mismos que solían darse cita en este tipo de acontecimientos.

«Podría matarlos a todos —pensó—. ¿Y por qué no?» Venían a repartirse el mundo, a poner sus huellas económicas en los que no podían competir y ni siquiera luchar contra ellos. «Chupa sangres —se dijo—. Seres humanos horribles y despreciables. Todos aquí merecen morir. Como Lightower y Bengosian.»

La fila siguió su camino frente a una imitación del *Pensador* de Rodin. Otro hormigueo de nerviosismo le recorrió las extremidades. Finalmente, presentó su invitación especial de VIP a una atractiva mujer que lucía un vestido de noche negro. Probablemente del FBI. Sin duda llevaba una Glock enfundada bajo el vestido. «Chicas con penes», pensó.

—Buenas noches, señor —le dijo la mujer y comprobó su nombre en una lista—. Nos disculpamos por las molestias, profesor Stanzer, pero ¿podría pasar su portafolios por la cinta de seguridad?

—Por supuesto. Pero no es más que mi discurso. —Danko le entregó la cartera como lo haría cualquier académico nervioso. Extendió los brazos mientras un guardia de seguridad le pasaba un detector de metal de arriba abajo.

El guardia revisó la americana por fuera y por dentro y entre el forro y el exterior.

—¿Qué es esto? —preguntó. Danko extrajo un pequeño bote de plástico que lucía una etiqueta de farmacia y una receta a su nombre. El frasco era otro de las obras maestras de Hardaway. Pobre Stephen, muerto. Pobre Julia, Robert y Michelle. Soldados. *Como él mismo.*

—Es para mi asma —explicó, y tosió un poco antes de señalarse el pecho—. Es Proventil. Lo necesito siempre antes de pronunciar un discurso. Hasta tengo uno de repuesto.

El guardia lo observó un momento. Qué divertido. Danko y Stephen habían perfeccionado el bote. ¿Quién necesitaba pistolas y bombas cuando todo el terror del mundo cabía en la palma de la mano?

«¡William estaría orgulloso!»

—Puede entrar, señor. —El guardia le indicó con un gesto de la mano que siguiera su camino—. Que tenga una buena velada.

—Es mi intención.

103

Pisé a fondo el acelerador de mi Explorer y me pasé un semáforo en rojo en Ness al doblar hacia Geary. El palacio de la Legión de Honor se situaba lejísimos, en Lands End. Aun sin tráfico, me hallaba a diez minutos de allí.

Pulsé el número de Molinari en el móvil. El suyo no recibió la señal.

Traté de que me pusieran con el jefe de policía. Uno de sus ayudantes contestó y me dijo que se encontraba entre la multitud.

—El vicepresidente está entrando en la sala en este momento. Aquí está —explicó.

—¡*Escúcheme*! —grité, y di un viraje brusco, abriéndome paso con la sirena—. Quiero que encuentre a Tracchio o a Molinari. Al primero que vea. Póngale este teléfono en la oreja. *Es una cuestión de emergencia nacional.* Me importa un bledo con quién estén hablando. ¡Vaya! ¡Ya mismo!

Mis ojos se posaron una fracción de segundo en el reloj del salpicadero. En cualquier momento podía estallar una bomba. Para identificar a Charles Danko lo único con que contábamos era un parecido. Ni yo misma estaba segura de poder distinguirlo.

Transcurrió un minuto muy lentamente. Por fin en mi móvil sonó una voz. Molinari.

—Joe, escúchame bien, por favor. ¡Charles Danko está allí! ¡Ahora mismo! Se hace llamar Jeffrey Stanzer. Es uno de los conferenciantes. Llegaré en unos tres minutos. ¡Neutralízalo, Joe!

Discutimos brevemente los pros y los contras de desalojar el palacio o de llamarlo por megafonía con cualquier excusa. Molinari no optó ni por lo uno ni por lo otro, pues a la primera señal de alarma podría hacer que se decidiera a ejecutar sus planes.

Finalmente doblé en Thirty-Fourth, pasé por el parque y seguí colina arriba hasta la Legión de Honor. El parque estaba atestado de manifestantes. Las vías de acceso estaban cortadas.

Los agentes pedían la documentación. Bajé la ventana del conductor, saqué mi placa e hice sonar el claxon con todas mis fuerzas.

Logré maniobrar a través de la estrecha franja que dejaban las largas limusinas y los coches de policía que abrían el paso hasta el círculo principal del palacio. Abandoné el Explorer frente a la entrada y eché a correr. Me iba topando con agentes del FBI que hablaban por radio y a todos les enseñaba mi placa.

—¡*Déjenme pasar*!

Por fin me abrí paso a codazos. Los pasillos estaban atiborrados de estadistas y dignatarios.

Vislumbré a Molinari dando órdenes por una radio portátil. Me abalancé sobre él.

—Está aquí —manifestó—. Su nombre figura en la lista de invitados y ya ha entrado.

104

Por todas partes se veían embajadores, miembros del gobierno, dirigentes empresariales. Conversaban en grupos, tomaban champán. De un momento a otro podría estallar una bomba. Al vicepresidente lo llevaron a un lugar seguro, pero ¿y Charles Danko? Sólo Dios sabía lo que tenía en mente. Ni siquiera sabíamos cuál era el aspecto actual del cabrón.

Molinari me entregó un transmisor dispuesto ya en su frecuencia.

—Tengo el cartel de busca y captura. Yo iré por la izquierda. Mantente en contacto conmigo, Lindsay. Nada de heroísmos esta noche.

Me puse a andar entre la multitud. Mentalmente esbocé una imagen de Charles Danko treinta años antes y la sobrepuse en cada rostro que vi. Ojalá le hubiese pedido al decano de Reed una descripción actualizada. Todo había sucedido demasiado deprisa. Todavía sucedía demasiado deprisa.

«¿Dónde estás, Danko, hijo de puta?»

—Estoy revisando la sala principal —dije por la radio—. No lo veo.

—Yo estoy en el anexo. Nada hasta ahora. Pero está aquí.

Estudié a fondo cada cara. Nuestra única ventaja consistía en que él no sabía que nosotros lo sabíamos. Unos cuantos agentes federales escoltaban en silencio a algunas personas hacia las salidas. No convenía sembrar el pánico y mostrar nuestras cartas.

Pero no lo vi por ningún sitio. ¿Dónde se escondía? ¿Qué había planeado? Tenía que ser algo grande, su presencia lo probaba.

—Me dirijo hacia los Rodin —dije a Molinari.

Me rodeaban grandes bronces reconocibles sobre peanas de mármol, así como gente que tomaba champán. Me topé con un grupo reunido cerca de una estatua.

—¿Qué ocurre aquí? —pregunté a una mujer que lucía un vestido negro.

—El vicepresidente. Según el programa, acudirá pronto.

Al vicepresidente se lo habían llevado a hurtadillas, pero no se había informado a nadie. Estas personas hacían fila a fin de que se lo presentaran. ¿Estaría Danko entre ellas?

Examiné la fila, una cara tras otra.

Vi a un hombre alto, delgado, con una calva en la coronilla, de frente ancha y ojos estrechos y muy juntos. Tenía la mano metida en un bolsillo. Sentí frío en el centro del pecho.

Distinguí el parecido con la foto de hacía treinta años. La gente arremolinada me bloqueaba la vista, pero no había duda. Charles Danko era la viva imagen de su padre.

Volví la cabeza y hablé por el *walkie-talkie*.

—¡Lo he encontrado, Joe! Está aquí.

Danko hacía cola para conocer al vicepresidente. Mi corazón latía a un ritmo frenético. Su mano izquierda seguía metida en el bolsillo de la americana. ¿Sostendría algún tipo de detonador? ¿Cómo lo había introducido?

—Estoy en la sala de los Rodin, Joe, y lo estoy mirando a la cara.

—Quédate allí. Voy para allá. No te arriesgues.

De repente la mirada de Danko se dirigió hacia mí. No sabía si me había visto en la tele, entre los investigadores, o si tenía la palabra «poli» pintada en la frente, pero por alguna razón lo supo. Nuestras miradas se cruzaron.

Lo vi abandonar la fila, sin dejar de mirarme.

Di un paso hacia él. Abrí mi chaqueta para coger mi pistola. Al menos una docena de personas me bloqueaban el camino. Tenía que pasar. Lo perdí de vista un segundo. Un sólo segundo.

Cuando la multitud se apartó, Danko había desaparecido.

El conejo blanco se había desvanecido de nuevo.

105

Me abrí paso hasta el lugar donde se hallaba unos segundos antes. «¡Se ha esfumado!» Paseé la mirada por la sala.

—Lo he perdido —dije por el walkie-talkie—. Seguro que se escabulló entre la multitud. ¡Hijo de puta! —Sin razón alguna, estaba enfadada conmigo misma.

No lo vi por ninguna parte. Todos los hombres lucían esmoquin, todos se parecían. ¡Y toda esa gente estaba expuesta al peligro, tal vez a la muerte!

Me abrí camino, con la placa en la mano, a través de un control y corrí por un largo pasillo que llevaba a la parte cerrada del museo. Nada de Danko. Regresé a la carrera al salón de baile principal y choqué con Molinari.

—Está aquí, lo sé, Joe. Éste es su momento.

Molinari asintió y dio instrucciones por radio de que nadie, absolutamente nadie abandonara el edificio. Pensé que si algún artefacto estallaba aquí, con tanta gente, sería un desastre total. Yo también moriría. Y Molinari. Sería peor que en Rincon Center.

«¿Dónde estás, Danko?»

Lo entreví de nuevo. Al menos eso me pareció. Apunté hacia un hombre alto y casi calvo, que se alejaba de nosotros dando rodeos, metiéndose y saliendo de la multitud.

—¡Es él! ¡Danko! —grité, y me arranqué la Glock de la sobaquera—. ¡Danko! ¡Detente!

La gente se apartó lo suficiente para que lo viera sacar una mano del bolsillo de la americana. Volvió a fijar su mirada en mis ojos… y me sonrió. ¿Qué diablos llevaba?

—¡Policía! —gritó Molinari—. ¡Todos al suelo!

Los dedos de Charles Danko rodeaban algo. No logré ver si era una pistola o un detonador.

Entonces lo vi. Un bote de plástico. ¿Qué diablos sería? Alzó el brazo y cargué contra él. No me quedaba más remedio.

Unos segundos después caí sobre el y lo agarré del brazo con la esperanza de que soltara el bote. Me aferré a su mano y traté desesperadamente de de arrancárselo. Me resultó imposible moverlo.

Lo oí gruñir de dolor, lo vi girar el bote hacia mí, hacia mi rostro.

Molinari se hallaba al otro lado de Danko, tratando también de tumbarlo.

—¡Aléjate de él! —oí que me gritaba.

El bote giró de nuevo… hacia Molinari. Todo ocurría deprisa, en unos cuantos segundos.

Me aferré al brazo de Danko, ahora que tenía la ventaja. Traté de rompérselo.

Se volvió hacia mí y nuestras miradas se encontraron de nuevo. Nunca había sentido tanto odio, tanta frialdad.

—¡Cabrón! —le chillé a la cara—. ¡Acuérdate de Jill!

En ese momento apreté el bote.

Un chorro le roció la cara. Muy cerca. Danko tosió, resopló. Su rostro se torció y formó una máscara horrorizada. Otros agentes lo tenían sujeto ya. Me lo quitaron de encima.

Danko respiraba con dificultad. Continuaba tosiendo, como si quisiera escupir el veneno de sus pulmones.

—Se acabó —resoplé—. Estás acabado. Estás acabado. *Has perdido*, capullo.

Sus ojos sonrieron, vacíos. Con un gesto me indicó que me acercara.

—Nunca acabará, cretina. Siempre habrá otro soldado.

Entonces oí disparos y entendí que sí que era una cretina.

106

Corrimos hacia al patio, de donde venían los disparos. Joe Molinari y yo nos abrimos paso entre la multitud. Algunas personas resoplaban y otras sollozaban.

Al principio no supe qué sucedía, pero pronto lo comprendí. Deseé no haberlo hecho.

Eldridge Neal se encontraba tumbado boca arriba; una mancha carmesí se extendía por su camisa blanca. Alguien había disparado al vicepresidente de Estados Unidos. Ay, no, Dios mío, otra tragedia de esa magnitud.

Unos agentes del servicio secreto sujetaban a una mujer, que no contaría más de dieciocho o diecinueve años. Cabello rojizo ensortijado. Gritaba al vicepresidente, de forma incoherente, acerca de bebés vendidos como esclavos en el Sudán, del sida que mataba a millones de africanos, de crímenes de guerra de multinacionales en Irak y Siria. Debía de haber aguardado a Neal mientras lo sacaban del salón principal.

De repente la reconocí. La había visto antes, en el despacho de Roger Lemouz. Me había enseñado el dedo corazón cuando le dije que se largara. Demonios, no era más que una chiquilla.

Joe Molinari me soltó el brazo y fue a ayudar al vicepresidente. A la chica, que no dejaba de maldecir y chillar, se la llevaron. Entre tanto, una ambulancia entró directamente en el patio. Los médicos del equipo médico de emergencia saltaron fuera del vehículo y atendieron al vicepresidente Neal.

¿Habría planeado esto Charles Danko?

¿Sabía que lo habíamos descubierto?

¿Nos habría puesto una trampa, a sabiendas de que el caos reinaría si lo pillábamos? ¿Qué había dicho? «Siempre habrá otro soldado.»

Eso era lo más espantoso de todo. Yo sabía que Charles Danko tenía razón.

107

Se suponía que debía ir al hospital para que me examinaran, pero me negué. Aún no. Joe Molinari y yo regresamos con la pelirroja al palacio de Justicia. Interrogamos a Annette Breiling varias horas, tras las cuales la revolucionaria, la terrorista, la persona capaz de disparar al vicepresidente a sangre fría se desmoronó.

Nos dijo todo lo que precisábamos saber y más, nos habló del complot en el palacio de la Legión de Honor.

Eran las cuatro de la madrugada cuando llegamos a un barrio de clase alta en Kensington, un par de ciudades más allá de Berkeley. Había al menos media docena de coches patrulla y todos los agentes iban fuertemente armados. La calle, situada en las colinas, ofrecía una vista del San Pablo Reservoir. Muy bonita. Sorprendentemente lujosa. Diríase que nada malo podía ocurrir allí.

—Vive bien —comentó Molinari, por decir alo—. Vamos a hacer los honores, tú y yo.

Abrió la puerta Roger Lemouz, profesor de lenguas romances. Lucía un albornoz y el pelo negro rizado, despeinado. Sus ojos estaban vidriosos e inyectados en sangre. Me pregunté si había estado bebiendo, celebrando.

—*Madame* inspectora —dijo con un susurro ronco—. Empieza usted a no ser tan bienvenida. Son las cuatro de la madrugada y éste es mi hogar.

No me molesté en intercambiar insolencias, ni tampoco lo hizo Molinari.

—Está usted detenido por conspiración para asesinar —explicó, y se abrió paso a codazos.

Aparecieron la esposa de Lemouz y sus dos hijos. Salieron detrás de él, cosa nada afortunada. El chico no contaría más de doce años y la chica era aún más joven. Molinari y yo enfundamos nuestras pistolas.

—Charles Danko ha muerto —le dije a Lemouz—. Un joven a quien usted conoce, llamada Annette Breiling, lo ha implicado en el asesinato de Jill Bernhardt, en todos los asesinatos, Lemouz. Nos dijo que fue usted quien creó la célula de Stephen Hardaway. Usted entregó a Julia Marr y a Robert Green a la célula. Y usted controlaba a Charles Danko, sabía qué botones pulsar en él. Su rabia permaneció latente durante treinta años, pero usted logró reactivarla y lo impulsó a actuar. Fue su pelele.

Lemouz se rió en mi cara.

—No conozco a ninguna de esas personas. Bueno, a la señorita Breiling sí, fue estudiante mía. Sin embargo, abandonó la universidad. Está cometiendo un grave error y voy a llamar a mi abogado ahora mismo si no se marchan.

—Está usted detenido —declaró Molinari, con lo que lo obvio se tornó oficial—. ¿Quiere que le lea sus derechos, profesor? Yo sí que quiero leérselos.

Lemouz sonrió; fue una risa extraña, espeluznante.

—Todavía no lo entienden, ¿verdad? Por eso están predestinados. Un día todo su país se hará añicos. De hecho, ya está sucediendo.

—¿Por qué no nos explica lo que nos estamos perdiendo? —le espeté.

Asintió y se volvió hacia su familia.

—Se está perdiendo esto.

Su hijito sostenía una pistola y resultaba obvio que sabía usarla. Sus ojos eran tan fríos como los de su padre.

—Os mataré a los dos —dijo— y será un placer.

—El ejército que se está formando contra ustedes es enorme y su causa, justa. Mujeres, niños, muchos soldados. *Madame* inspectora. Piense en ello. La tercera guerra mundial… ya se ha iniciado.

Lemouz se dirigió tranquilamente hacia su familia y le quitó la pistola a su hijo. Nos apuntó con ella. Luego besó a su esposa, a su hija y a su hijo. Eran besos tiernos, de corazón. Los ojos de su esposa derramaban lágrimas. Lemouz susurró algo a cada uno.

Salió de la sala de estar retrocediendo y luego oímos pasos corriendo. Una puerta se cerró de golpe en la casa. ¿Qué esperanzas tenía de evadirse?

Un disparo resonó en el interior.

Molinari y yo corrimos en dirección del disparo.

Lo hallamos en el dormitorio. Se había matado: un tiro en la sien derecha.

Su esposa e hijos se pusieron a sollozar en la otra habitación.

«Tantos soldados —pensé—. Esto no acaba aquí, ¿verdad? Esto es la tercera guerra mundial.»

108

Charles Danko no me roció con ricina. Eso aseguraron los médicos que me rondaron toda la mañana en la unidad de toxicología del hospital y centro de investigación Moffit.

Además, el vicepresidente no iba a morir. Según los rumores, ocupaba una habitación dos plantas por debajo de la mía e incluso había hablado con su jefe, el presidente.

Pasé varias horas con un laberinto de tubos y cables por todo el cuerpo: monitores que registraban la presión de mi sangre y escáneres en mi pecho. Identificaron el contenido del bote de Danko como ricina, suficiente para matar a cientos de personas de no haber sido detectado. Sus pulmones, en cambio, sí contenían ricina e iba a morir. No me apené al saberlo.

Hacia el mediodía recibí una llamada telefónica del presidente, es decir, *el presidente*. Me colocaron el auricular en la oreja y en mi aturdimiento recordé haber oído la palabra *heroína* al menos seis veces. Incluso dijo que le encantaría agradecérmelo personalmente. Bromeé y le sugería que tal vez deberíamos esperar a que el brillo tóxico desapareciera.

Cuando abrí los ojos, tras una siesta, Joe Molinari se hallaba sentado en una esquina de mi cama.

Sonrió.

—¡Oye, creí que te había dicho que «nada de heroicidades!

Parpadeó, correspondí a su sonrisa, más apabullada que triunfante, abochornada por los tubos y monitores.

—La buena noticia —prosiguió, con un guiño— es que los médicos dicen que te encuentras bien. Quieren mantenerte aquí unas horas más para observarte. Hay una flota de medios de comunicación esperándote.

—¿Y la mala noticia? —pregunté en tono ronco.

—Que alguien tendrá que enseñarte a vestirte para las sesiones fotográficas.

—Una nueva imagen, a la moda —contuve una sonrisa.

Me fijé que llevaba un impermeable bajo el brazo y vestía el traje con diseño de espiga azul marino con el que lo vi por primera vez. Un traje muy, pero que muy bonito, y sabía llevarlo.

—El vicepresidente está convaleciente y yo regreso a Washington esta noche.

No pude sino asentir.

—Vale...

—No... —sacudió la cabeza y la acercó más a la mía—. No vale. Porque no es lo que quiero.

—Los dos sabíamos que esto ocurriría. —Traté de hacerme la fuerte—. Tenemos nuestros trabajos. Los interinos...

Molinari frunció el ceño.

—Tienes suficientes agallas para ir tras un hombre que lleva un bote lleno de veneno mortal, pero no estás dispuesta a defender lo que deseas.

Sentí que una lágrima se derramaba de la comisura de mi ojo.

—Es que ahora mismo no sé lo que deseo.

Molinari dejó su impermeable, me abrazó, me colocó una mano en la mejilla y me secó la lágrima.

—Creo que necesitas tiempo. Debes decidir, cuando la situación se tranquilice, si estás preparada para dejar entrar a alguien en tu corazón. Una relación, Lindsay.

Me cogió la mano.

—No me llamo Molinari, Lindsay, ni director adjunto —me guiñó un ojo—, sino *Joe*. Y estoy hablando de ti y de mí. Y no bromeo porque sé que te han herido antes. Ni porque hayas perdido a un amiga muy querida. Tal vez esto no te guste, Lindsay, pero tiene derecho a ser feliz. Ya me entiendes. Llámame anticuado. —Sonrió.

—Anticuado —repetí, haciendo exactamente aquello de lo que me acusaba, es decir, de hacer chistes cuando debía hablar en serio.

Algo se atragantaba en mi interior, solía ocurrirme cuando quería expresar lo que sentía en el corazón.

—Así, pues, ¿vendrás a menudo?

—Si cuentas discursos, conferencias... y añades un par de crisis nacionales...

Me eché a reír.

—No podemos evitar las bromas, ni tú ni yo.

Molinari suspiró.

—Aunque ya debes de saberlo, Lindsay, no soy uno de los típicos gilipollas. Puede funcionar. A ti te toca dar el siguiente paso. Tienes que hacer algo para intentarlo.

Se puso en pie y pasó la mano por mi cabello.

—Los médicos han asegurado que esto es del todo seguro. —Sonrió, se inclinó y me plantó un beso en la boca.

Sus labios, suaves, y los míos, agrietados y secos por la noche, se aferraron los unos a los otros. Yo intentaba *demostrarle* lo que sentía, sabía que sería una locura no decírselo con palabras, impedir que surgiera.

Joe Molinari se levantó y se puso el impermeable encima del brazo.

—Ha sido un privilegio y un honor llegar a conocerte, teniente Boxer.

—Joe —dije, asustada al ver que se marchaba.

—Ya sabes dónde encontrarme.

Lo observé dirigirse hacia la puerta.

Nunca se sabe cuándo una chica puede tener una emergencia nacional...

—Sí... —se volvió y sonrió—. Soy del tipo que se encarga de las emergencias nacionales.

109

Esa misma tarde mi médico me explicó que no me pasaba nada que no pudieran curar un buen par de copas de vino.

—Incluso hay gente aquí que quiere llevarla a casa.

Vi a Claire y Cindy echar una ojeada desde fuera de la habitación.

Ya en casa, me dieron el tiempo justo para ducharme, cambiarme y darle a *Martha* un abrazo que le debía desde hacía mucho. Luego tuve que ir al palacio de Justicia. Todos parecían querer un pedacito de mí. Quedé con las chicas para vernos más tarde en Susie's, pues ahora era importante reunirnos.

Expliqué la noticia en la escalinata del edificio. Tom Brokaw me entrevistó a través de un enlace de vídeo.

Al volver a contar cómo encontramos a Danko y Hardaway me recorrió un escalofrío, y sentí que me distanciaba de los acontecimientos. Jill estaba muerta; Molinari se había marchado. Definitivamente, no me sentía como una heroína. El teléfono sonaría con la información de otro homicidio y la vida retomaría de golpe su cauce normal. No obstante, sabía que ya nada sería igual.

Hacia las cuatro y media las chicas vinieron a buscarme. Yo estaba preparando informes. Pese a que Jacobi y Cappy alardeaban de que era la mejor teniente del cuerpo, me sentía deprimida, solitaria y vacía... al menos hasta que acudieron las chicas.

—Eh —Cindy hizo girar una banderita de cóctel mexicana frente a mi cara—, nos esperan unos margaritas.

Me llevaron a Susie's, el último lugar dónde estuvimos con Jill. De hecho, fue allí donde le dimos la bienvenida al grupo que estábamos formando. Nos acomodamos en nuestro reservado y pedimos una ronda de margaritas. Les detallé la espeluznante lucha que tuvo lugar en el palacio la noche anterior, la llamada del presidente y las noticias vespertinas con Brokaw.

Pero, ¡qué triste, solas, las tres! Ay, esa llamativa silla vacía junto a Claire.

Nuestros cócteles llegaron.

—Invita la casa, por supuesto —aseguró Joanie, la camarera.

Alzamos nuestras copas; las tres pretendíamos sonreír, mas tuvimos que bregar contra las lágrimas.

—Por nuestra chica —brindó Claire—. Tal vez ahora pueda descansar en paz.

—Nunca descansará en paz —exclamó Cindy, entre risas—. No va con su carácter.

—Estoy segura de que se encuentra allí arriba ahora —agregué—, observándonos y evaluando la jerarquía. «Eh, chicas, lo tengo todo resuelto...»

—Y está sonriendo —aclaró Claire.

—Por Jill —coreamos. Entrechocamos las copas. Costaba creer que éste sería nuestro ritual a partir de ahora. La echaba muchísimo de menos, y nunca tanto como en ese momento en nuestra mesa, sin ella.

—Bien —Claire carraspeó y posó la mirada en mi persona—. Y ahora, ¿qué?

—Pediremos unas costillas y me tomaré otra de estas copas... Puede que más de una.

—Creo que quiere saber lo que hay entre tú y el «sabueso adjunto» —Cindy me hizo un guiño.

—Regresa a Washington. Esta noche.

—¿Para siempre? —preguntó Claire, sorprendida.

—Allí están los dispositivos de escucha y los elegantes helicópteros negros—. Di vueltas a mi bebida—. Helicópteros Bell, creo.

—Oh. —Claire asintió. Dirigió una mirada a Cindy—. Te cae bien el tipo, ¿no, Lindsay?

—Me cae bien. —Le hice una señal a Joanie y pedí otra ronda de margaritas.

—No te estoy preguntando si te cae bien, sino si te *gusta*, cariño, si *de veras* te gusta.

—¿Qué quieres que haga, Claire? ¿Qué me ponga a cantar *No entristezcas mis ojos castaños?*

—No. —Claire echó otra miradita a Cindy y volvió a posarla en mí—. Lo que queremos, Lindsay, es que dejes de lado lo que sea que te impide hacer lo que te conviene y evites que ese tipo se suba al avión.

Arqueé la espalda contra el respaldo. Tragué saliva, incómoda.

—Es Jill...

—¿Jill?

Inspiré hondo y una fuerte corriente de lágrimas me quemó los labios.

—No estuve allí para ella, Claire. La noche que echó a Steve de casa.

—¿De qué hablas? —quiso saber Claire—. Estabas en Portland.

—Estaba con Molinari. Cuando regresé, pasaba de la una. Jill parecía confusa. Le dije que iría a verla, pero me lo tomé con cierta calma. ¿Sabéis por qué? Porque estaba soñando con Joe. Y ella acababa de poner a Steve de patitas a la calle.

—Te aseguró que estaba bien —insistió Cindy—. Nos lo dijiste.

—Pero así era Jill, ¿no? ¿Alguna vez la oísteis pedir ayuda? El resultado final es que no la ayudé. Y, bien o mal, no puedo ver a Joe ahora sin verla a ella, sin oír la necesidad que sentía por mi presencia, sin pensar que, de haber ido, tal vez aún estaría aquí con nosotras.

No dijeron nada. Ni una palabra. Y yo, con la mandíbula apretada, contuve las lágrimas.

—Voy a decirte lo que creo —expuso por fin Claire; sus dedos se deslizaron por la mesa y cogieron los míos—. Creo que eres demasiado inteligente, cariño, para creer que el hecho de que por una vez en la vida que te lo pases bien cambie en algo lo que le sucedió a Jill. Sabes que es la primera que querría que fueses feliz.

—Lo sé, Claire —asentí—... pero no puedo descartar la idea...

—Pues más te vale hacerlo —Claire me apretó la mano—, porque lo que sucede sencillamente es que tú misma estás tratando de herirte. Todo el mundo tiene el derecho a ser feliz, Lindsay, *inclui-da tú*.

Me sequé una lágrima con una servilleta de cóctel.

—Eso ya lo he oído hoy —dije, sin poder evitar una sonrisa.

—Así, pues, vaya éste por Lindsay Boxer —anunció Claire y alzó su copa—. Con la esperanza de que por una vez en la vida lo oiga alto y claro.

Un grito nos interrumpió desde la barra. Todos señalaban la televisión. En lugar de un estúpido partido de fútbol, mi rostro aparecía en la pantalla. Tom Brokaw me hacía preguntas. Los presentes se echaron a silbar y a vitorear.

Yo, en las noticias de la noche.

110

Joe Molinari tomó un sorbo del vodka que le trajo la sobrecargo y se repantigó en el asiento del jet gubernamental. Con suerte, dormiría hasta Washington. Ojalá. No, claro que dormiría, seguro, a pierna suelta, por primera vez en varios días.

Por la mañana se sentiría lo suficiente despierto para presentar un informe al director de seguridad nacional. Podría decirle con toda contundencia que esta situación estaba resuelta y Eldridge Neal se curaría.

Después tendría que redactar informes, tal vez testificar frente a una subcomisión del Congreso. Existía en el país una rabia que debían vigilar. En esta ocasión, el terror no había venido de fuera.

Molinari se apoyó en el lujoso asiento. Empezaba a ver claro el alcance de la extraordinaria cadena de acontecimientos. Desde el momento en que, el domingo, le informaron de que estallaría una bomba en San Francisco hasta el momento en que luchó con Lindsay Boxer en la reunión del G-8 la noche anterior. Sabía qué escribir: los nombres y los detalles, la secuencia de los acontecimientos, el resultado. Sabía explicarlo todo, pensó. Excepto una cosa.

Ella. Cerró los ojos y experimentó una increíble melancolía.

¿Cómo explicar la descarga eléctrica que lo recorría cada vez que sus brazos se rozaban? ¿O la sensación que percibía cuando miraba los ojos de Lindsay, ojos de un verde profundo? Era tan dura, tan fuerte y, a la vez, tan dulce y vulnerable. Muy parecida a él mismo. En todo caso, cuando le apetecía, y eso era a menudo, era divertida.

Ojalá fuese capaz de hacer grandiosas cosas románticas como en las películas: subirla a un avión y llevarla a algún sitio. Llamar al despacho: «El comité de la subcomisión tendrá que esperar, señor». Sintió que esbozaba una sonrisa.

—Despegaremos en cinco minutos, señor —le informó el sobrecargo.

—Gracias.

«Intenta relajarte. Descansar. Dormir.» Se obligó a pensar en su hogar. Había vividos durante dos semanas con lo que llevaba en una malea. Tal vez le hubiera gustado que las cosas terminaran de otro modo, pero le apetecía volver a casa. Cerró los ojos de nuevo.

—Señor —le habló de nuevo el sobrecargo. Un policía en uniforme había abordado el avión y lo escoltaron hasta él.

—Lo siento, señor —alegó el policía—. Se ha presentado algo urgente. Me dijeron que retuviera el avión en la salida y lo acompañara al aeropuerto. La policía me dio este número para que usted llamara.

Un ramalazo de preocupación sobresaltó a Molinari. ¿Qué diablo podía haber ocurrido ahora? Tomó el papel, y se hizo con su portafolios y su móvil. Pulsó el número, ordenó al piloto que aguardara y bajó del aparato con el policía. Se llevó el teléfono a la oreja.

111

Mi teléfono sonó justo cuando Molinari apareció cerca de la puerta. Permanecí quieta y lo observé. Al verme, con el teléfono también pegado a la oreja, empezó a comprender. En su rostro se esbozó una sonrisa, una gran sonrisa.

Nunca en mi vida había experimentado tanto nerviosismo. Nos separaban unos cuatro metros y medio. Se detuvo.

—Yo soy la emergencia —dije por teléfono—. Necesito tu ayuda.

Al principio sonrió y luego se contuvo, para darse ese aire severo de director adjunto.

—Tienes suerte. Soy el tipo que se encarga de las emergencias.

—No tengo vida —le dije—. Tengo una perra muy agradable. Y mis amigas. Y un trabajo. Y soy buena en él. Pero no tengo vida.

—¿Y qué es lo que quieres? —preguntó, mientras se acercaba.

Sus ojos brillaban, perdonaba. Reflejaban cierto júbilo, pasaban por alto el caso y el continente que nos separaba, igual que yo.

—A ti. Te quiero a ti. Y el jet.

Se echó a reír. En ese momento se paró justo delante de mí.

—No. —Sacudí la cabeza—. Sólo te quiero a ti. No podía dejar que te fueras en ese avión sin decírtelo. Esto de vivir cada uno en una costa, podemos hacer que funcione, si te apetece. Has dicho que vienes de vez cuando a dar conferencias y a manejar alguna que otra crisis nacional... En cuanto a mí, voy allá de vez en cuando. Recientemente me invitaron a alojarme en la Casa Blanca. Has estado en la Casa Blanca, Joe... Podemos...

—Calla...

Me puso un dedo en los labios, se inclinó y me besó. Estaba tan obsesionada tratando de ser abierta por un vez que me tragué mis propias palabras. La espalda se me puso rígida y, ay, Dios, se me antojaba de lo más natural, de lo más adecuando, que me abrazara.

Le rodeé los brazos con los dedos y me aferré a él con todas mis fuerzas.

Cuando nos soltamos, Molinari me dirigió una sonrisa pícara.

—Así que has recibido una invitación a la Casa Blanca, ¿eh? Siempre me he preguntado lo que se sentiría al dormir en la habitación de Lincoln.

—Sigue soñando. —Me reí mirando directamente sus ojos azules. Lo cogí del brazo y lo llevé de vuelta a la terminal—. Ahora bien, tu mesa en el Capitolio, señor director adjunto... eso sí que suena interesante...

Acerca del autor

El *bestseller* internacional más reciente de James Patterson, es *The Lake House*. Es autor de veinticuatro libros y reside en Florida.

Visite nuestra web en:

www.umbrieleditores.com